Kathleen Duey

Laras Rückkehr

Aus dem Amerikanischen
von Anu Stohner

Deutscher Taschenbuch Verlag

Bereits erschienen:
Lara und die Graue (dtv 62270)
Lara und das Silberfohlen (dtv 62273)
Lara und das große Rennen (dtv 62295)

Das gesamte lieferbare Programm der *Reihe Hanser*
und viele andere Informationen finden Sie unter
www.reihehanser.de

Deutsche Erstausgabe
In neuer Rechtschreibung
März 2007
Deutscher Taschenbuch Verlag GmbH & Co. KG,
München
www.dtv.de

Titel der amerikanischen Originalausgabe:
›Lara and the Silent Place‹

This edition published by arrangement with
Viking Children's Books, a division of Penguin Young Readers
Group, a member of Penguin Group (USA) Inc.

Umschlagillustration: Ute Martens
Gesetzt aus der Bembo 11,75/15˙
Satz: Fotosatz Amann, Aichstetten
Druck und Bindung: Druckerei C. H. Beck, Nördlingen
Gedruckt auf säurefreiem, chlorfrei gebleichtem Papier
Printed in Germany · ISBN 978-3-423-62296-7

Kapitel eins

Ich war müde, und es war mir zu laut. Menschen drängten sich viel zu dicht um mich, das machte mir Angst. Aber die sanften Hände und die leise Stimme meiner Mutter beruhigten mich, während sie mich durch die Menge ritt.

Als wir aus Athenry flohen, ließ ich Dannsair in ruhigem Tempo gehen. Es mag sich merkwürdig anhören, aber nur so konnten wir entkommen.

Wären wir durch die Menge galoppiert, durch all die Menschen, die *Beltaine* feierten und sich freuten, dass endlich der Sommer begonnen hatte – bestimmt wäre man auf uns aufmerksam geworden. So aber warfen kaum eine Handvoll Menschen einen flüchtigen Blick auf die junge Stute und mich, und auch das ohne größeres Interesse. Sie konnten nicht wissen, dass ich nicht das war, was ich zu sein schien.

Dannsair war eine Einjährige, groß und kräftig, aber oft albern und flatterhaft, wie es ihrem Alter entsprach. Sie war so voller Energie, dass ich sie an jedem anderen Tag nur schwer hätte zügeln können.

Nur sehr schwer.

An jenem Tag aber war es leicht, obwohl das weite Feld vor der Stadt voller lärmender, feiernder Menschen war. Dannsair war einfach furchtbar müde. Am Morgen hatten wir ein Rennen gewonnen – ein langes und anstrengendes Rennen gegen ältere Pferde und ältere Reiter. Es hätte der vollkommenste Tag meines Lebens sein können.

Aber er war es nicht.

Die Sonne war eben über den höchsten Stand am Mittag hinaus, und ich ritt Dannsair mit vor Angst zugeschnürter Kehle und zitternden Händen. Der Himmel war hell und klar, und die Menschen schürten die Kochfeuer, um sich ein Mahl aus Fleisch, Eiern und Gerste zuzubereiten. Ich sah eine Frau, die in der Nähe der Zelte ihre Kuh melkte. Sie hatte dem Tier eine Fessel um die Vorderbeine geschlungen, damit es nicht weglief.

Die Gäste des Festes hatten außer ihren Pferden und Hunden auch Kühe und Hühner mitgebracht, damit sie unterwegs Milch und Fleisch hatten. Die Menschen gingen in Gruppen umher und erzählten einander, was sie beim morgendlichen Rennen gesehen hatten. Sie redeten über ihre Wetteinsätze, und es klang, als hätte keiner von ihnen auf uns gesetzt. Niemand hatte damit gerechnet, dass die mondfarbene junge Stute gewinnen könnte.

Aber wir hatten den Sieg verdient. Ich hatte Dannsair hart geritten, und wir hatten all unsere Kraft und all unseren Willen eingesetzt, um zu gewinnen. Ich war sogar das Risiko eingegangen, dass Dannsair sich verletzte; aber ich hatte es nur getan, weil ich dem Stallmeister des Barons von Athenry glaubte. Er hatte mir versprochen, dass ich bei einem Sieg Dannsair bekäme statt des Goldes, das der Baron als Preis für den Gewinner des Rennens angesetzt hatte. Dannsair zu besitzen – das war mein Traum, seit ich ihrer Mutter geholfen hatte, sie zur Welt zu bringen. Ich wollte, dass sie mir gehörte, dass sie nie bei einer Schlacht mitmachen musste, dass sie mit mir zusammen ein glückliches und friedliches Leben hatte.

Der Gedanke an das gebrochene Versprechen des Barons und seines Stallmeisters machte mich so wütend, dass ich mir auf die Unterlippe biss, um meine Wut zu zügeln. Wie konnte jemand so grausam sein? Es war sonnenklar, dass der Stallmeister wusste, wie sehr ich Dannsair liebte: Er hatte mich mit ihr arbeiten sehen, hatte gesehen, dass wir einander vertrauten. Und doch hatte er dem Baron geholfen, mich zu hintergehen. Vielleicht war es sogar seine Idee gewesen. Ich wünschte mir, ich würde keinen der beiden Männer jemals wiedersehen müssen. In meinem ganzen Leben nicht.

In gewisser Weise war ich Dannsairs Mutter. Ich hatte sie aufgezogen, nachdem ihre Mutter während der Geburt gestorben war. Für Dannsair war es das Normalste von der Welt, dass ich sie beschützte und mich um sie kümmerte.

Und jetzt, da sie älter war, durfte ich sie auch reiten, und sie verließ sich auf mich, auch wenn ich sie durch schwieriges Gelände führte. Sie vertraute darauf, dass ich sie nie zu etwas zwingen würde, was ihr schaden könnte. Und doch *hatte* ich einen Ritt riskiert, bei dem wir uns beide hätten verletzen können – weil ich dumm genug gewesen war, an eine Lüge zu glauben. Ich war wütend auf mich selbst.

Während ich mich von der Stadtmauer entfernte, warf ich immer wieder einen Blick zurück zum Nordtor. Es war nur eine Frage der Zeit, bis der Stallmeister bemerkte, dass Dannsair nicht mehr in ihrer Box stand. Es konnte jeden Augenblick geschehen – aber wenn ich Glück hatte, geschah es nicht. Wenn das Fest des Barons mit viel Honigwein und gebratenem Wild laut genug war und lange genug dauerte, würde niemand vor morgen früh die Ställe kontrollieren.

Wenn der Stallmeister unsere Flucht bemerkte, würde er nach uns suchen, das war sicher. Er würde alles tun, um Dannsair wiederzufinden. Wir mussten weit genug von Athenry entfernt sein, bevor er Dannsairs Fehlen bemerkte, das war unsere einzige Chance zu entkommen. Ich konnte nur hoffen, dass wir es schafften.

Wenn er uns suchte, würde er natürlich fragen, wer uns gesehen hatte. Aber er würde nach einem normannischen Jungen namens Trian und einer mondfarbenen jungen Stute fragen. Und Dannsair und ich waren weder das eine noch das andere.

Nicht mehr.

Dannsairs Fell war dank des Fieberkleepulvers der alten Brigit braun gefärbt. Und auch ich sah nicht mehr wie ein normannischer Junge aus. Meine Haare waren unter einer Spitzenhaube zu einem Zopf geflochten, und ich trug das blaugrüne Hochzeitskleid der alten Brigit. Ich ritt, den langen Rock über Dannsairs Hinterteil gebreitet. Ein Leinensack war darunter verstaut. Darin war meine bescheidene Habe: mein Mantel, meine zwei Leinengewänder – ein altes und ein fast neues – und die kleine goldene Pferdespange, die ich gefunden hatte, als ich noch zu Hause lebte. Auch ein paar kleine Laibe Käse und Haferfladen, die Brigit mir gegeben hatte, waren darin. Eine Weile wenigstens würde ich nicht hungern müssen.

Die Menschen aus Athenry, die ich im Vorüberreiten erkannte, mussten mich für eins der normannischen Mädchen halten, die mit ihren Familien von Galway gekommen waren, um das Fest zu feiern und das Pferderennen zu sehen. Und die irischen Gäste dachten wahrscheinlich, ich sei aus Athenry. – Wenn sich überhaupt jemand die Mühe machte, über mich nachzudenken.

Als wir den größten Teil der Menge hinter uns gelassen hatten, wurde ich ruhiger und versuchte sogar zu verstehen, was die Menschen, an denen wir vorüberritten, redeten. Dannsair war unser langsames Tempo nur recht. Sie trug den Kopf tiefer als sonst und schlug mit dem Schweif nach den Fliegen, die uns in der Mittagshitze umschwärmten.

»Ein Jährling«, hörte ich einen Mann kopfschüttelnd sagen. »Eine Einjährige, und sie hat sie alle geschlagen!«

Ich presste die Lippen zusammen, um mir das Lächeln zu verkneifen. Ich hielt den Blick geradeaus gerichtet und ritt langsam weiter, so als müsse ich nirgendwo hin.

Doch dann sah ich nicht weit entfernt Cormac stehen. Er drehte sich um und schaute genau in meine Richtung. Ich fühlte seinen Blick, als hätte mir jemand die Hand auf die Schulter gelegt, und ich sah schnell weg. Ich hoffte inständig, dass er mich nicht erkannt hatte. Er konnte nicht wissen, dass ich Dannsair nach Athenry gefolgt war. Also würde er mich auch nicht hier vermuten. Trotzdem hielt ich das Gesicht von ihm abgewandt, während ich weiterritt. Ich wagte kaum zu atmen. Wenn er mich erkannte, würde er hoffentlich nicht laut nach mir rufen. So dachte ich und wünschte mir insgeheim doch nichts mehr, als dass ich zu ihm hingehen und mit ihm reden könnte.

Cormac hatte mich als das gekannt, was ich wirklich war – ein irisches Mädchen von einem anderen Clan, das ein einfaches Gewand aus Leinen trug und lange struppige Haare hatte und Pferde über alles liebte. Er hatte mich genug gemocht, um mir bei meiner ersten Flucht zu helfen. Und er hatte auch Dannsair so gekannt, wie sie war – eine anmutige junge Stute, groß für ihr Alter und in der Farbe des Mondes, so wie sie noch am Morgen beim Rennen ausgesehen hatte.

Ich wusste, dass er sie jetzt, aus der Entfernung

und inmitten des Trubels, nicht erkennen konnte; dazu war die Tarnung mit dem braun gefärbten Fell zu gut. Es sei denn, er wurde durch irgendeine Kleinigkeit auf uns aufmerksam …

Ich ritt weiter. Was hätte ich sonst auch tun sollen?

Ich blickte erst zurück, als ich den Rand des Waldes erreichte. Cormac schaute nicht in unsere Richtung. Ich war ebenso erleichtert wie enttäuscht.

Die Wahrheit war:

Ich mochte Cormac sehr. Ich mochte ihn auf die alberne Art mit den rot glühenden Wangen, über die ich mich bei anderen immer lustig gemacht hatte – und nun nie mehr machen würde. Ich konnte es nicht mehr, seit ich begriffen hatte, wie man sich dabei fühlte. Er war nett zu mir gewesen und hatte Dannsair ihren Namen gegeben. Ich wünschte mir, dass ich ihn eines Tages wiedersehen würde, obwohl er mich mit seinen Ratschlägen zur Flucht in eine schlimme Lage gebracht hatte. Es war ja nicht seine Absicht gewesen. Wie auch immer – dass ich ihn wiedersah, war nicht sehr wahrscheinlich.

Unter den ersten Bäumen brachte ich Dannsair für einen Augenblick zum Stehen. Dann ritt ich mit klopfendem Herzen in den Wald hinein. Da war die Stechpalme, die ich im vergangenen Herbst als Ausguck benutzt hatte.

Niemand rief uns hinterher. Es kümmerte niemanden, wohin das normannische Mädchen und ihre graubraune Stute wollten. Man feierte *Beltaine*.

Das Stimmengewirr hinter uns verebbte, und ich lenkte Dannsair zu dem Flüsschen, in dem ich gebadet hatte. Nicht weit davon war die Stelle, wo ich Niall geholfen hatte, die Schweine einzufangen. Ich war ihm etwas schuldig dafür, dass er mir von den bösen Absichten des Barons erzählt hatte. Aber mehr als irgendjemand anderem schuldete ich der alten Brigit Dank dafür, dass sie mich aufgenommen und mir in den kalten Mauern von Athenry ein Zuhause gegeben hatte. Ich würde sie vermissen und ihr immer nur das Beste wünschen. Es war so schade, dass sie keine eigenen Kinder hatte; sie war so liebevoll wie je eine Mutter.

Sanft hieß ich Dannsair am Flussufer anhalten. Ich ließ die Zügel locker, damit sie von dem kühlen Wasser trinken konnte. Ich stieg nicht ab, obwohl ich mir sagte, dass wir wenigstens für den Augenblick in Sicherheit waren.

Der Stallmeister ging mir nicht aus dem Sinn: Ob er heute oder erst morgen früh zu der gewohnten Zeit entdeckte, dass Dannsairs Box leer war? In jedem Fall würde er wütend werden. Und es würde nicht lange dauern, bis er herausfand, dass auch ich verschwunden war. Dann würde er Männer losschicken, die nach uns suchten.

Nachdem sie getrunken hatte, machte Dannsair einen kurzen Schritt nach vorn, dann noch einen, und schließlich schüttelte sie den Kopf. Sie grub mit den Vorderhufen im Flussbett, dass das Wasser spritzte. Ich wusste, was sie wollte: Das kühle, flache Wasser lud zum Baden ein.

»Nein, bitte nicht!«, sagte ich. »Ich weiß nicht, wie gut die Farbe an deinem Fell haften bleibt.«

Aber Dannsair hörte nicht und grub die Vorderhufe immer tiefer in den Fluss, bis erst ihr Bauch und dann der Saum meines Kleides nass wurden. Es blieb mir nichts anderes übrig, als hart am Zügel zu ziehen. Sie drehte sich überrascht im Kreis, und ich atmete erleichtert auf, als sie die Vorderhufe aus dem Wasser hob und damit auf das grasbedeckte Ufer trat. Ich musste besser aufpassen, wenn ich sie trinken ließ, und ich konnte nur beten, dass es für eine Zeit nicht heftig regnete.

Ich war mir nicht sicher, wie gut die Fieberkleefarbe haften würde. Wenn der Regen die braune Farbe aus ihrem Fell wusch, wurde unsere Flucht um vieles schwieriger – Dannsair und ihr

Vater waren die einzigen mondfarbenen Pferde, die ich jemals gesehen hatte.

»Bis sie uns suchen kommen«, sagte ich Dannsair, als wir hangaufwärts tiefer in den Wald ritten, »sind wir schon lange weg.«

Dann drückte ich die Beine etwas fester gegen ihre Flanken und trieb sie zu einem leichten Trab. Ich wusste, wie müde sie war; aber wir mussten schnell einen größeren Abstand zwischen uns und Athenry legen, am besten noch vor der Nacht.

Dannsair fiel mit Leichtigkeit in Trab und ließ mich nur durch ein leichtes Schweifwedeln wissen, dass sie lieber im kühlen Wasser tollen und dann ein Nickerchen in der Sonne halten würde. Aber wie immer begriff sie, was ich von ihr wollte, und sie tat es, auch wenn es für sie keinen Sinn ergab. Sie tat es für mich.

Dannsair liebte mich, und ich liebte sie. An diesen Gedanken klammerte ich mich. Es gab nichts anderes, woran ich mich hätte klammern können. Ich war weit weg von zu Hause, und ich hatte nicht die leiseste Ahnung, wohin wir wollten.

Kapitel zwei

Im Wald war es still, es roch nach frischem Gras und jungen Blättern. Ich spürte, dass meine Mutter vor etwas Angst hatte, aber ich wusste nicht, was es war. Es roch nicht nach Wölfen, und auch sonst gab es keine Anzeichen für Gefahr.

In der Nacht ritt ich weiter. Erst vor Sonnenaufgang machten wir Rast. Bis dahin hatte ich unablässig auf die Geräusche gelauscht, vor denen ich mich so fürchtete – die Geräusche von Hufschlägen und Stimmen hinter uns. Aber ich hatte keine gehört.

Dannsair war so müde, dass sie kaum graste, bevor sie sich ins Gras legte. Ich nahm ihr auch das Zaumzeug nicht ab. Es hatte kein Mundstück, und die Riemen waren alle aus Wolle gewebt, flach, breit und weich. Ich war mir sicher, dass es nicht scheuerte. Schließlich hatte ich es selbst gemacht.

Auch ich war froh, mich endlich im Gras ausstrecken zu können. Trotzdem lag ich noch lange wach und hörte den langsamen, gleichmäßigen Atem meiner jungen Stute. Ich war mir nicht sicher, ob sie noch so dicht bei mir bleiben mochte wie im letzten Sommer. Sie war jetzt viel älter und hatte sich daran gewöhnt, die meiste Zeit allein in ihrer Box zu verbringen.

Hinzu kam, dass Dannsair immer weniger eine Ziehmutter brauchte, auch wenn sie mich deshalb nicht weniger liebte. Das war nur natürlich und bei allen Pferden so. Wenn sie größer werden, halten sie sich lieber in der Nähe der jungen Pferde ihres Alters auf und laufen nicht mehr ständig hinter ihren Müttern her.

Ich schlief nur wenig. Jedes Rascheln im Wald ließ mich aufhorchen.

Was, wenn etwas Dannsair erschreckte und sie davongaloppierte? Schließlich wickelte ich mir die Zügel ums Handgelenk; wenn sie jetzt aufstand, würde sie mich wecken. Ich wusste, wie albern das war. Wenn sie sich wirklich vor etwas erschreckte, würde sie mich hinter sich herziehen oder in der Dunkelheit über mich hinwegtrampeln. Andererseits konnte ich mir nicht vorstellen, dass sie mich jemals verletzen würde, und die Vorstellung, dass sie weglief, konnte ich nicht ertragen.

Der Morgen war klar und sonnig. Ich hörte einem Specht zu, wie er die Borke einer Erle bearbeitete. Ich hörte die Musik des kleinen Flusses, dem wir am Vortag die meiste Zeit gefolgt waren. Und ich hörte die tiefe Stille der Bäume und der Felsen, die unter alldem lag.

In Athenry hatte es nicht viele Vögel gegeben. Es gab dort mehr Menschen als alles andere. Ich hatte mich an die Stimmen und an die Geräusche der arbeitenden Menschen gewöhnt. Ich hatte vergessen, wie friedlich und still es im Wald war.

Dannsair und ich ritten an dem Tag in Richtung Westen, weg von der aufgehenden Sonne. Ich hatte keinen besonderen Grund, diese Richtung einzuschlagen, außer dem, dass es mehr oder weniger die Richtung war, in der mein Zuhause lag.

Natürlich war das Unsinn. Mein Zuhause – mein geliebtes Gehege mit den Erdwällen und die Häuser, in denen meine Freunde und meine Familie lebten – war der einzige Ort, an den ich nicht gehen konnte.

Der Baron von Athenry hatte um alles in der Welt das Pferderennen gewinnen wollen, insbesondere weil es gegen irische Pferde ging.

Ich hatte das Rennen für ihn gewonnen, aber er hatte *nie* vorgehabt, sein Wort zu halten und mir Dannsair zu überlassen. Also würde er auch jetzt versuchen, sie zurückzuholen. Und natürlich würde der Stallmeister mit Conall oder Cormac über die mondfarbene junge Stute sprechen, die sie dem Baron im Tausch gegeben hatten. Dannsair kam aus edler Zucht, und der Baron hatte sich von Anfang an für ihre Herkunft interessiert. Wenn man aber Conall und Cormacs Vater erzählte, dass die Stute verschwunden war und ein Stalljunge mit ihr, dann würde man ihnen wahrscheinlich auch erzählen, dass »der Stalljunge« es gewesen war, der sie ausgebildet hatte. Sie würden erfahren, dass die Stute ohne Halfter und Zaumzeug gehorchte und dass offensichtlich zwischen dem Pferd und seinem Reiter blindes Vertrauen herrschte.

Nach dieser Beschreibung *musste* Conall erraten, dass der Stalljunge in Wahrheit ich gewesen war; schließlich hatte er mich mit Dannsair arbeiten sehen, seit sie auf ihren wackeligen Füßen gestanden hatte. Und wenn er es dem Baron erzählte, würde der wissen, wo er nach Dannsair zu suchen hatte. Er würde zu meinem Clan kommen. Kein normannischer Baron würde es hinnehmen, dass er von einem irischen Mädchen zum Narren gehalten worden war.

Ich seufzte.

Das Risiko war zu groß. So gerne ich nach

Hause gegangen wäre, ich konnte meine Familie nicht in Gefahr bringen.

Am nächsten Tag – ich trug immer noch das Kleid der alten Brigit und Dannsair den von ihr gewebten normannischen Sattel – ereichten wir früh einen breiten Weg nach Westen. Wir folgten ihm für den Rest des Morgens.

Als die Sonne hoch am Himmel stand, hielten wir in der Nähe eines kleinen Flusses, damit Dannsair grasen und ich Käse und Haferfladen essen konnte. Das Gras war saftig und lang, und Dannsair rupfte es gierig. Ihre Kiefer mahlten vom Beginn unserer Rast bis zu dem Augenblick, als wir wieder aufbrachen.

Für den Rest des Tages ließ ich Dannsair traben, bis ich spürte, dass ihr Atem schnell ging. Danach verlangsamte ich das Tempo, bis ihr Atem wieder gleichmäßiger und ruhiger wurde. Ich lauschte immer noch auf jedes Geräusch und schaute mich nach allen Seiten um. Dannsairs Schnelligkeit war unsere einzige Hoffnung, wenn die Männer des Barons uns fanden und wir fliehen mussten.

Es war fast Abend, als ich Hufschläge hörte. Dannsair warf den Kopf herum und versuchte sich zu drehen; sie wollte sehen, woher das Geräusch kam. Es gelang mir, sie schnell vom Weg in den

Wald zu lenken. Bis die Reiter an uns vorübertrabten, standen wir gut versteckt nebeneinander hinter einem Dickicht aus wilden Pflaumen.

Ich konnte sie gut sehen. Es waren normannische Krieger. Sie trugen Schilde und Schwerter, und ihre Gesichter waren hart und furchterregend.

Sie kamen aus Athenry, da war ich mir sicher. Ich hatte dort viele Männer mit demselben Muster auf den Hemden gesehen. Ich erkannte keinen von ihnen, aber das besagte nicht viel. Ich hatte sie immer nur gesehen, wenn sie durch das Nordtor ein- und ausritten, und mich ihnen nie genähert.

Dannsair tat jetzt das, wovon sie ihren Namen hatte: Sie tänzelte mit geblähten Nüstern.

Mit dem gefärbten Fell war sie in dem Dickicht nicht zu sehen, aber wenn sie zu wiehern begann, würden die Männer anhalten und nachschauen, wer ihnen so nahe war – Freund oder Feind. Wenn sie aus Athenry waren, suchten sie nach einem Jungen auf einer mondfarbenen Stute. Aber wenn sie mich ansprachen und ich ihnen antworten musste, würden sie an meiner Sprache erkennen, dass ich nicht das war, was ich zu sein schien.

Ich drückte die Hand auf Dannsairs Maul und flüsterte ihr ins Ohr. »Nicht wiehern, bitte!«, bat ich sie. »Nicht mal, wenn du Gefährten aus den Ställen des Barons erkennst!«

Sie schüttelte die Mähne, und für einen Augenblick löste sich mein Griff. Sie hob den Kopf, und ich machte einen Schritt nach vorn und stellte mich direkt vor sie. Sie schaute über meinen Kopf hinweg. Ihr Atem wurde schneller, und ich spürte, dass sie gleich wiehern würde.

Verzweifelt wedelte ich mit den Armen, um sie davon abzuhalten, dann packte ich ihr Zaumzeug und führte sie im Kreis, um sie abzulenken.

Sie schnaubte, hob den Kopf und senkte ihn dann, um nervös an meinen Haaren zu knabbern.

»Es tut mir leid«, flüsterte ich. »Ich wollte dich nicht erschrecken. Aber ich konnte es nicht zulassen, dass du uns verrätst.«

Sie verlagerte das Gewicht und scharrte mit einem Vorderhuf in der Erde. Ich musste zurücktreten, sonst hätte sie dabei mein Bein treffen können.

»Dannsair?«

Ihre Augen waren weit geöffnet. Sie starrte in den Wald, in dem die Reiter inzwischen verschwunden waren. Ich redete ihr weiter gut zu. Sie beruhigte sich schließlich, aber es dauerte lange. Als ich mich dann wieder auf ihren Rücken schwang, verließ ich den Weg und nutzte die letzten Sonnenstrahlen des Tages, um mich zu orientieren. Ich wandte mich für eine Weile in Richtung Norden und ritt erst dann wieder nach Westen. Wenn die Normannen denselben Weg zurückkamen, den sie genommen hatten, würden wir ihnen nicht wieder begegnen.

Dannsairs Verlangen, mit den anderen Pferden Kontakt aufzunehmen, beunruhigte mich. Ich wusste, dass sie erwachsen wurde. Ich hatte mich so darauf gefreut, auf ihr zu reiten, mit ihr dahinzugaloppieren und hinzugehen, wohin wir wollten. Nie war ich auf die Idee gekommen, dass Dannsair etwas anderes wollen könnte als ich. Neben ihr zu laufen war für mich so selbstverständlich gewesen wie das abendliche Spazierengehen mit meinen Freundinnen Bebinn oder Gerroc zu Hause. Aber jetzt, nach so vielen Monaten in den Ställen des Barons von Athenry, war sie mehr an die Gesellschaft anderer Pferde gewöhnt als an meine.

Am Tag, nachdem wir die Reiter gesehen hatten, begann ich zu prüfen, wie viel Dannsair noch von den Dingen wusste, die ich ihr beigebracht hatte, als sie noch ein Fohlen war. Das hieß, dass ich sie frei laufen lassen musste, und davor hatte ich Angst. Das erste Mal, als ich es tat, fand ich eine kleine Lichtung im Wald, die auf zwei Seiten von Pflaumendickicht geschützt war. Ich ließ ihr das Zaumzeug, hängte ihr aber die Zügel über den Nacken.

Dann machte ich einen Schritt rückwärts. Dannsair sah mir mit ihren tiefen dunklen Augen zu.

Ich machte einen zweiten Schritt.

Zwei Schritte. Mehr wollte ich nicht riskieren. Ich sagte ihren Namen in der singenden Weise, von der sie wusste, was sie bedeutete: Sie sollte zu mir kommen.

Sie machte, ohne eine Sekunde zu zögern, einen Schritt vorwärts. Ich atmete erleichtert auf, dann nahm ich allen Mut zusammen und entfernte mich weiter von ihr. Am Mittag war ich glücklich, weil ich wusste, dass sie sich an alles erinnerte, was sie gelernt hatte: Sie kam, wenn ich ihren Namen rief. Manchmal trottete sie, manchmal trabte sie, aber sie kam, unabhängig davon, ob ich zehn oder fünfzig Schritte von ihr entfernt war.

Sie lief neben mir, ohne dass ich die Zügel hielt. Wenn ich sie bat, sich nicht zu bewegen, während ich mich entfernte und wieder zu ihr zurückkam, tat sie es. Ich merkte, dass sie das am wenigsten mochte, aber sie tat es, mir zuliebe.

Am Abend nahm ich ihr das Zaumzeug ab,

damit sie besser schlafen und sich frei bewegen konnte, wenn sie es wollte. Ich hatte keine Angst mehr, dass sie mich in der Dunkelheit verlassen würde. Ich wusste, dass sie sich nach der Gesellschaft anderer Pferde sehnte, so wie ich mich nach der Gesellschaft meiner Freundinnen sehnte. Aber wir hatten einander, und wir vertrauten uns. Dafür war ich dankbarer, als ich sagen kann.

Kapitel drei

Heute ritten wir gemächlich, meine Mutter saß groß und gerade auf meinem Rücken. Ich bin gut ausgeruht und wollte galoppieren, aber sie hielt mich zurück. Wenigstens waren da andere Pferde, mit denen ich gehen und an denen ich mich wärmen konnte, als die Sonne unterging.

Wir schliefen jede Nacht nur ein paar Stunden; wir waren beide rastlos und lauschten auf die Gefahr. Dannsair graste, wenn ich morgens von dem Käse und den Haferfladen aß, dann setzten wir unsere Reise fort. Eines Tages bogen wir kurz vor der Dämmerung um eine Kurve, als ich eine Gruppe von sieben Frauen in dunklen Kleidern vor uns reiten sah.

Für einen Augenblick war ich schockiert, sie ohne Männer, die sie beschützten, reiten zu sehen. Ihre Pferde gingen so langsam, und sie waren so nah, dass ich Dannsair unmöglich hätte schnell genug anhalten können.

Ich wollte vom Weg in den Wald einbiegen, da

machte eine von ihnen eine Geste, dass ich näher kommen solle. Es war die, die an der Spitze ritt. Dann wandte sie sich ihren Begleiterinnen zu und sagte etwas, was ich nicht hören konnte. Im nächsten Augenblick drehten sich alle Frauen in ihren hohen Sätteln um und lächelten mir zu.

Ich schaute mir ihre dunklen Kleider genauer an, sah die Tücher, unter denen sie ihre Haare verbargen, und begriff, dass sie Nonnen waren. Ich hatte schon von solchen Frauen gehört, aber noch nie welche gesehen.

Ich hielt Dannsair an. Sie würden es merkwürdig finden, wenn es so aussah, als hätte ich Angst vor ihnen. Doch dann wurde mir plötzlich klar, dass meine Art zu reden ihnen verraten würde, dass ich irisch war – wie würde ich ihnen dann meine normannische Kleidung erklären? Ich beschloss, an ihnen vorbeizureiten, ihnen zuzulächeln, aber nichts zu sagen. Ich war noch nicht sehr weit von Athenry entfernt, und ein irisches Mädchen in normannischen Kleidern konnte eine Geschichte werden, die man den Männern des Barons erzählte, wenn sie Dannsair suchen kamen.

Während ich noch hinter ihnen herritt, lachten die Frauen über etwas, hell und klar wie junge Mädchen. Sofort bekam ich Heimweh und sehnte mich nach Bebinn und Gerroc.

Die Frau an der Spitze der Gruppe drehte sich wieder um und machte mir ein Zeichen, dass ich endlich kommen solle. Ich zögerte und brachte Dannsair zum Stehen. Die Frau hielt ihr Pferd an und wartete auf mich. Ich war wütend auf mich selbst. Ich hätte einfach in den Wald reiten sollen. Ich lächelte, so gut ich konnte, und versuchte, an ihr vorbeizureiten.

Aber so einfach war das nicht.

Ich weiß nicht, was ich von den Nonnen erwartete – ein ernstes Benehmen vielleicht, wie von Menschen im Gebet. Aber sie waren mehr wie eine Gruppe von freundlichen Frauen aus einem benachbarten Clan.

»Hallo!«, rief eine aus der Gruppe. Ich nickte freundlich und lenkte Dannsair etwas näher zum Wegrand. Die Nonne, die angehalten hatte, war älter als die anderen. Einige mussten so jung sein wie meine Tante Fallon – vielleicht vier, fünf Jahre älter als ich.

»Alles in Ordnung?«

Ich nickte und tat so, als würde ich eine Fliege aus Dannsairs Ohr verjagen.

»Wohin bist du unterwegs?«, fragte die Nonne. Ihre Stimme klang sanft und freundlich.

Ich zeigte in Richtung Westen und lächelte wieder. Dann trieb ich Dannsair vorwärts, aber sie wehrte sich, und ich wusste auch, warum: Sie reckte den Hals und wieherte die anderen Pferde an. Ein oder zwei von ihnen antworteten ihr.

Ich wollte Dannsair nicht die Fersen in die Flanken drücken und keinen schlechten Eindruck machen, indem ich sie ohne Not vorwärtshetzte. Ich wollte den Nonnen keinen Grund liefern, sich an mich zu erinnern oder Dannsair und mich allzu gründlich in Augenschein zu nehmen.

Dannsair hob den Kopf und bewegte sich fast seitwärts in die Richtung, in die ich sie lenken wollte. Ich lehnte mich nach vorn und zog die Zügel straffer, damit sie nach vorn schaute. Sie gehorchte unwillig, indem sie die Hinterbeine gerade richtete, doch ihre Vorderbeine wollten immer wieder zu den anderen Pferden.

Die Nonnen lachten über Dannsairs seltsamen Gang und über das, was sie wahrscheinlich für meine Verlegenheit hielten. Aber ich war nicht verlegen. Ich hatte Angst. Die Nonnen sahen mich alle an, schauten mir direkt ins Gesicht. Wie sollten sie sich jetzt mein Gesicht nicht merken?

»Reizende kleine Stute«, sagte eine von ihnen. Sie hatte ein rundes Gesicht und ein breites Lächeln.

Ich nickte.

»Ist etwas nicht in Ordnung?«, fragte mich die Nonne an der Spitze.

Ich schüttelte den Kopf.

»Vielleicht ist sie ja nur von der Gruppe ihrer Mitreisenden zurückgefallen«, sagte die mit dem runden Gesicht.

Ich nickte und zeigte nach vorn, wo der Weg in der Ferne verschwand. Dann tat ich so, als gäbe es etwas an dem gewebten Sattel zu richten.

»Unsere Abtei liegt in der Richtung«, sagte die Älteste. »Ich bin die Äbtissin. Wenn du auf irgendeine Weise unsere Hilfe brauchst . . .?«

Ich schüttelte den Kopf, überrascht von der Freundlichkeit in ihrer Stimme und ihren Augen. Genau da schob Dannsair das Maul nach vorn und versuchte, die Zügel zu lockern. Es war offensichtlich, dass sie zu den anderen Pferden wollte. Wieder lachten die Nonnen alle, diesmal nur noch lauter.

»Deine Stute hat einen guten Charakter«, sagte die Äbtissin. »In der Abtei möchten wir bald mit der Pferdezucht beginnen. Unseren Gönnern haben wir schon zwei feine Stuten abgeschwatzt, und eine davon ist schon trächtig.«

Die mit dem runden Gesicht nickte. »Würdest du so lieb sein und deinem Vater von unseren Hoffnungen berichten? Oder jedem anderen, der uns vielleicht eine gute Stute oder ein Hengstfohlen schenken würde?«

Ich nickte und wusste, dass es eine Lüge war, die einen besonders hässlichen Fleck auf meiner Seele lassen würde. Wie konnte ich eine Nonne belügen! Sie hielt mich für die reiche Tochter eines reichen Normannen, und ich war es nicht. Ich war die Tochter eines armen irischen Häuptlings, der den Nonnen so sicher keinen Hengst schenken würde, wie der Mond nicht grün leuchtete. Ich muss ausgesehen haben, als wäre mir unbehaglich, denn die Äbtissin runzelte die Stirn.

»Agnes meint es nur gut«, sagte sie. »Wir wollen dich nicht unnötig aufhalten.« Sie sah mir in die Augen, und für mich fühlte es sich an, als sähe sie in mein einsames, müdes Herz. »Es sei denn, du bräuchtest einen sicheren Platz für die Nacht?«

Ohne es zu wollen, nickte ich, und meine Lippen öffneten sich. »Ja«, hörte ich mich sagen. »Vielen Dank.«

Wenn irgendeine von den Nonnen überrascht war, dass ein Mädchen, das sie für normannisch hielten, wie eine waschechte Irin klang, dann ließen sie es sich nicht anmerken. Stattdessen reckte die Äbtissin das Kinn und lächelte. Dann trieb sie ihr altes Pferd an, und es fiel in einen schleppenden Trab.

Dannsair liebte es, mit den Nonnen zu gehen. Das heißt, sie liebte deren Pferde. Sie bog den Hals und tänzelte wiehernd, ungeduldig, weil keins der müden Tiere mit ihr galoppieren wollte. Nach einer Weile trabte ich mit ihr voraus, machte dann kehrt und ließ sie zurückgaloppieren. Danach war sie ruhiger.

»Hast *du* sie ausgebildet?«, fragte mich die Nonne mit dem runden Gesicht, die Agnes hieß.

Es war eine merkwürdige Frage.

Natürlich hatte ich das. Aber Mädchen bildeten nicht Pferde aus. Ich sah ihr in die Augen. Sie schien völlig ernst.

»Ja«, sagte ich vorsichtig.

»Das dachte ich mir«, sagte sie. »Du gibst ihr kaum Anweisungen. Es ist, als würdet ihr gegenseitig eure Gedanken lesen.«

Danach schwieg ich aus Angst, dass ich sonst meine ganze Geschichte herausposaunen würde – ich wusste, dass es eine ganz besondere Verbindung zwischen mir und Dannsair gab, und Agnes hatte das auf den ersten Blick erkannt.

Sie lächelte mich an. »Was hast du ihr noch beigebracht?«

Ich zögerte, dann beschrieb ich, wie Dannsair kam, wenn ich sie rief, und genau dort stehen blieb, wo ich sagte, dass sie bleiben sollte.

Agnes musterte mich mit einem sehnsüchtigen Blick. »Bleibst du lange genug bei uns, dass du mir zeigen kannst, wie du es machst?«

»Wenn es der Äbtissin recht ist, bleibe ich«, sagte ich.

»Du bist uns willkommen«, sagte die Äbtissin.

Ich spürte, dass ich lächelte, und die Erleichterung überflutete mich wie der Regen trockenes Land. Es schien, als hätten Dannsair und ich einen sicheren Platz gefunden. Wenigstens für eine gewisse Zeit.

Kapitel vier

Ich mag diesen Ort. Es ist ruhig, niemand schreit hier. Die Pferde sind alle zufrieden, es gibt Gras in Hülle und Fülle – und meine Mutter ist immer glücklich.

Die Abtei sah aus wie das Dorf eines kleinen Clans. An einem Ende stand eine steinerne Kirche, nicht so großartig wie die, die sie in Athenry bauten, aber beeindruckend genug mit dem schönen großen Steinkreuz, das vor der Eingangstür stand. Zwischen der Kirche und dem niedrigen, langgestreckten Gebäude, in dem die Nonnen schliefen, gab es gepflegte Gärten und einen jungen Apfelhain.

Es war fast, als wäre ich nach Hause gekommen. Der ganze kleine Ort bestand aus kleinen Lehmhäusern wie bei uns zu Hause. Die Lehmwände der Häuser waren weiß gewaschen, die Sparren mit der Handaxt vierkantig gehauen. Es gab ein paar Felder mit Zäunen aus armdicken Pfählen, die in die Erde gesteckt waren. Und alles war sauber und gepflegt. Die jungen Pflanzen sprossen aus der Erde. Es war wunderbar, *wunderbar.*

Wir erreichten die Abtei im letzten Abendlicht. Es war Agnes, die darauf bestand, dass Dannsair über Nacht mit den anderen Pferden auf der eingezäunten Weide bleiben durfte. Dannsair zögerte nur einen kurzen Augenblick, bevor sie auf die Weide sprang und davontrottete.

Es war wieder Agnes, die mir meinen Schlafplatz zeigte und mir half, eine Decke zum Zudecken zu finden. Die Äbtissin brachte mir heißes Gerstenwasser zum Aufwärmen. Ich hörte sie Gebete sprechen, einen schönen Schwall von Wörtern, die ich nicht verstand.

Der Morgen war frisch und sonnig, und ich rannte hinaus, um nach Dannsair zu sehen. Wir spielten miteinander, und sie galoppierte im Kreis um mich herum. Dann wollte ich gehen. Ich hatte mir vorgenommen, mich gleich vom ersten Tag an nützlich zu machen. Als ich die Weide verlassen wollte, bemerkte ich, dass Agnes uns zugeschaut hatte. Zwei andere Nonnen waren mit ihr gekommen. Dannsair folgte mir zum Tor in der Einzäunung.

»Oh, was für eine Schönheit sie ist!«, seufzte Agnes und tätschelte Dannsair den Hals. »Was für ein schöner Kopf!« Sie öffnete sanft Dannsairs Maul und sah sich ihre Zähne an. »Was für eine gute Länge für ihr Alter.«

Ich warf ihr einen Blick zu.

Agnes lächelte. »Sie ist noch keine zwei, oder?«

Ich schüttelte den Kopf und presste die Lippen zusammen. Eines war sicher: Agnes kannte sich aus mit Pferden.

»Als ich klein war«, sagte sie, »war alles, was ich wollte, den Männern bei den Pferden zu helfen. Aber mein Vater wollte nichts davon hören. Darum bin ich jetzt hier, und mit ein bisschen Glück setze ich vielleicht doch noch meinen Willen durch.« Sie lachte ihr hohes mädchenhaftes Lachen.

Oh, wie ich sie in dem Moment beneidete! Ihr Traum war derselbe wie meiner – und sie hatte einen Weg gefunden, ihn zu verwirklichen.

An dem Nachmittag half ich Agnes und Ann – so hieß eine andere junge Nonne – die Pferde füttern. Die meisten Tiere waren im mittleren Alter, einige von ihnen auch schon recht alt. Alle hatte man den Nonnen geschenkt. Die zwei neuesten geschenkten Stuten hatten ein schönes, glänzendes Fell und waren zierlicher als die anderen. Das trächtige Tier war eine Dunkelbraune mit kohlschwarzen Augen.

»Sie sind recht schnell, aber klein – Damenpferde«, sagte Agnes. Ich hob die Augenbrauen. Sie lächelte. »Wie die, auf denen die normannischen Damen und ihre Töchter reiten. Sie haben kleinere Knochen, sind ruhig, willig und schnell. Auch die Iren mögen die kleineren Pferde, die gut leichte Karren ziehen können. Sie brauchen weniger Futter.«

Ich sah zu Dannsair. Ihr Vater war schwer gebaut, aber ihre Mutter war groß und schlank gewesen.

»Komm und sieh dir an, was wir gerade bauen«, sagte Ann und zog mich an der Hand. Die beiden führten mich um ein weites Feld, auf dem sie Hafer anbauten.

Das hölzerne Gerüst des Stalls und die ersten Wände standen schon. Es wurde ein langgestrecktes Gebäude.

»Wir werden zwanzig Boxen für fohlende Stuten haben«, sagte Ann. »Und einen Lagerplatz für Winterfutter. Wir müssen natürlich noch viel lernen.«

»Ich weiß, wie man einer Stute beim Fohlen hilft«, sagte ich, ohne lange zu überlegen.

Ann und Agnes sahen mich an.

»Ich weiß es wirklich«, sagte ich. »Mein Großvater hat es meiner Mutter beigebracht.«

»Hier weiß niemand viel darüber«, sagte Ann. »Mein Vater hat mich nicht dabei zuschauen lassen.« Sie berührte mit der Hand meine Schulter. »Wenn du mir helfen könntest, wenn es so weit ist, wäre ich dir sehr dankbar.«

Ich wusste nicht, was ich sagen sollte. Das Problem war hier dasselbe wie überall: Wenn erst einmal die Fierberkleefarbe aus Dannsairs Fell gewaschen war und ihre Wintermondfarbe wieder zum Vorschein kam, könnten der Baron von Athenry und seine Männer uns entdecken.

Und wenn sie uns entdeckten, würden auch die Nonnen Probleme bekommen, die so lieb zu mir waren. Der Baron könnte zumindest beschließen, sie nicht mehr zu unterstützen, wenn sie einer Diebin Unterschlupf gewährten – und eine Diebin war ich ja für ihn. Wenn der Baron uns fand, würde er mir Dannsair wieder wegnehmen. Ich seufzte.

»Vielleicht«, sagte ich.

Am nächsten Tag wurde mir eine Arbeit zugeteilt. Ich sollte mit sechs anderen die Wände des neuen Stalls bewerfen. Die dicke Masse aus Lehm und Stroh anzubringen war harte Arbeit. Ann und eine Nonne namens Fyna zeigten mir, dass ich die Handflächen weit öffnen musste, um die Lehmschicht besser zu verteilen.

Bis zum Mittag war ich schon besser geworden,

und am Abend lachten wir, als wir uns mein Tagwerk anschauten und sahen, wie grob das erste Stück Wand im Vergleich zum letzten war. Trotzdem war ich nicht gut. Ein dunkelhaariges Mädchen namens Catherine war die Beste von uns. Sie trug ein einfaches Gewand und war keine Nonne.

»Hör auf!«, tadelte Fyna Ann, als sie mich hänselte. »Es ist harte Arbeit, auch wenn sie es noch schlecht macht.«

Catherine versprach, mir zu helfen, damit ich besser wurde – da mussten wir wieder lachen.

Erst das ruhige und ernste Gesicht der Äbtissin beim Abendessen vermochte uns zu beruhigen. Und dennoch: Als die Äbtissin einmal nicht herschaute, legte Fyna eine Erbse auf die Spitze ihres Messers und schleuderte sie in meine Richtung. Die Erbse traf mich mitten auf die Nase.

»Ich möchte dich etwas fragen, was mit deiner Stute zu tun hat«, sagte Agnes fünf oder sechs Tage später.

Ich holte tief Atem.

»Agnes!«, rief eine der Nonnen. Wir drehten uns beide um. »Mora hat sich wieder das Handgelenk verletzt und kann ihre Schicht beim Melken nicht übernehmen.«

»Ich komme!«, rief Agnes zurück. Dann berührte sie meine Schulter. »Wir haben von dem Rennen in Athenry gehört«, sagte sie und schaute mir fest in die Augen.

Ich tat, als wäre ich überrascht und verstünde kein Wort, aber sie winkte nur ab. »Ein Mann, der uns Käse verkauft, hat der Äbtissin die Geschichte erzählt. Er sagt, die junge Stute, die das Rennen gewonnen hat, ist verschwunden. Die Mutter der verschwundenen Stute soll von jenseits des östlichen Meers gekommen sein.« Sie legte eine Pause ein und sah mir wieder in die Augen. »Ich weiß nicht, wo du sie herhast, aber deine Stute ist mit keinem Pferd vergleichbar, das ich in meinem Leben gesehen habe.«

Ich wusste nicht, was ich sagen sollte, also sagte ich nichts.

Agnes machte Zeichen in die Richtung, wo Catherine und ein anderes dunkelhaariges Mädchen gerade Eier einsammelten. »Wir haben hier auch Frauen, die ohne unsere religiöse Überzeugung leben. Manche flüchten vor grausamen Familien oder vor Hungersnot. Wir respektieren jede, die zu uns in die Stille kommt. Wir missbrauchen nicht ihr Vertrauen und verraten nicht ihre Geheimnisse. Wir würden auch deines nicht verraten.«

Meine Augen füllten sich mit Tränen. Sie würden mich vielleicht bleiben lassen, aber es wäre falsch. Ich hatte kein Recht, sie in Schwierigkeiten zu bringen, und ich war nicht weit genug weg von Athenry, um so zu tun, als würde es diese Schwierigkeiten nie geben. Aber vor allem wollte ich Dannsair nicht verlieren.

In der Nacht schlief ich kaum. Der Halbmond stand noch am Himmel, als ich beschloss, noch eine kurze Zeit zu bleiben und dann zu gehen. So gern ich für immer geblieben wäre, ich konnte es nicht.

Nach etwa zwei Wochen, bei Vollmond, begann ich, Dannsair zum Weg zu bringen, den wir gekommen waren, damit sie galoppieren konnte. Ich ging früh, bevor Reisende unterwegs waren, und ich war vorsichtig. Dannsair liebte es. Sie bäumte sich auf, sobald ich auf ihrem Rücken saß, und fiel in einen tänzelnden Schritt, wenn wir von der Weide und den gewundenen Pfad entlang zum Weg ritten.

Ihr Fell war noch dunkel, und ich trug noch immer das blau-grüne Kleid. Es war die beste Verkleidung, sollten wir jemandem begegnen, der eine mondfarbene junge Stute und einen irischen Jungen suchte.

Der Pferdestall wuchs, und alle halfen nach

Kräften, auch ich. Einmal überlegte ich mir, ob Cormacs Vater den Nonnen wohl auch ein Pferd oder zwei geben würde. Wohlhabend genug war er; er konnte es sich leisten, großzügig zu sein. Ich wünschte mir, die Äbtissin könnte ihn eines Tages treffen und ihn darum bitten.

Auf dem Weg angekommen, hielt ich mich gewöhnlich nach Westen, damit wir das scharfe Licht der aufgehenden Sonne hinter uns hatten. Dannsair trabte los, dann galoppierte sie, und wir genossen in langen Atemzügen die sanfte Morgenluft.

Wenn Dannsair sich beruhigt hatte, zügelte ich sie, und sie fiel in Trab. Es war herrlich, auf meiner Stute durch die grüne Landschaft zu reiten. Ich bedankte mich bei den alten Göttern, den Feen und bei den Heiligen, dass sie uns geholfen hatten, einen Platz zu finden, wo wir uns ausruhen konnten.

Und ich bat sie um Hilfe bei der Entscheidung zu gehen. Ich wusste, dass ich gehen *musste*, aber es war hart. In der kurzen Zeit, die ich dort gewesen war, waren mir Agnes, Ann und Catherine ans Herz gewachsen. Ich wünschte mir, die Äbtissin könnte meine Mutter kennenlernen. Ich wusste, sie könnten Freundinnen werden.

Solche Dinge gingen mir durch den Kopf, als

ich eines Morgens Rufe hörte. Jemand war hinter mir. Ich lenkte Dannsair vom Weg unter eine Gruppe Eichen – aber es war zu spät.

Männer kamen aus dem nördlichen Wald. Sie ritten in halsbrecherischem Galopp und weit aufgefächert. Schnell waren einige vor und andere hinter uns. Ich hielt Dannsair so heftig an, dass sie sich aufbäumte, während auf beiden Seiten Reiter an uns vorübersprengten. Hinter einer Wegbiegung verschwanden sie wieder im Wald. Sie beachteten uns gar nicht.

Es waren Normannen, aber ihre Hemden waren anders als die, die ich an den Männern in Athenry gesehen hatte. Keiner von ihnen sah nach links oder rechts. Und die ganze Zeit peitschten sie ihre Pferde. Ich schaute ihnen heftig atmend hinterher und fragte mich, was um alles in der Welt sie dazu brachte zu reiten, als sei der Teufel hinter ihnen her. Ich ritt langsam zurück auf den Weg und hatte schon die Richtung zur Abtei eingeschlagen, als ich zu überlegen begann. Was immer es war, das die normannischen Reiter erschreckt hatte, wer immer hinter ihnen her war – ihre Verfolger konnten nicht weit sein.

Noch während ich mir das überlegte, presste ich Dannsair die Fersen in die Flanken. Sie machte einen Satz, und ich spürte, dass sie genauso unruhig war wie ich. Dann fiel sie auch schon in Galopp, ohne dass ich sie dazu auffordern musste.

Da kamen auch schon bewaffnete Iren aus dem nördlichen Wald und hielten auf uns zu.

Ich brachte Dannsair zum Stehen, damit sie an uns vorüberreiten und weiter ihre normannischen Feinde verfolgen konnten. Das Letzte, was ich wollte, war, zwischen zwei Gruppen von Kriegern zu geraten.

Doch jetzt drosselten die zwei, die an der Spitze ritten, ihr Tempo, und ich sah, wie einer von ihnen die Hand über die Augen hob. Erst da erinnerte ich mich daran, dass ich in einem gewebten normannischen Sattel saß und ein blau-grünes normannisches Kleid trug. Ich sah nicht wie ein armer irischer Junge aus, sondern wie ein reiches normannisches Mädchen. Ich saß still, wie gelähmt von meiner eigenen Dummheit.

Dann ließ ich Dannsairs Zügel locker und verlagerte mein Gewicht nach vorn. »Los!«, sagte ich, den Befehl benutzend, den Dannsair vom Rennen kannte.

Sie verstand sofort und jagte mit wirbelnden Hufen los. Ich warf einen Blick zurück: Die Reiter waren jetzt hinter mir her.

Ich lehnte mich noch weiter nach vorn, und

Dannsair wurde noch schneller. Ich hielt sie auf dem Weg, wo sie galoppieren konnte, ohne sich zu verletzen. Ich ließ sie laufen und hielt mein Gewicht genau über ihrem Widerrist. Sie begriff sofort. Das hier war ein Rennen.

Die Männer, die uns jagten, gaben ihren Pferden die Peitsche und schrien, aber sie konnten uns nicht einholen. Ich schaute zurück und hoffte verzweifelt, dass sie sich an ihr wirkliches Vorhaben erinnerten und wieder ihre Feinde verfolgten, aber sie taten es nicht.

Erschrocken lehnte ich mich wieder nach vorn, um Dannsair das Laufen nicht unnötig schwer zu machen.

Als ich in einer langgezogenen Kurve vorsichtig über die Schulter schaute, waren die Iren zurückgefallen.

Sie mussten denken, dass ich die Tochter irgendeines wohlhabenden normannischen Lords sei. Vielleicht dachten sie, sie könnten von meiner Familie Geld verlangen, wenn sie mich einfingen und gefangen hielten. Ich wusste es nicht, aber dass sie mich kriegen wollten, war offensichtlich.

Natürlich hätte ich nur den Mund aufmachen müssen, um sie zu überzeugen, dass ich nicht normannisch war. Aber dann konnten sie mir immer noch Dannsair stehlen, die meine Sorge zu spüren schien, denn sie wurde immer flacher und schneller. Ich ließ sie laufen.

Ich bin mir sicher, dass wir so allen Pferden der Welt davongeritten wären, doch als wir um die nächste Ecke bogen, sah ich auch vor uns Reiter – sie standen in einer Reihe nebeneinander und versperrten uns den Weg. Sie hatten die Waffen gezogen und schauten grimmig, und ich brauchte zwanzig ängstliche Herzschläge, bevor ich den Mann auf dem großen braunen Hengst in der Mitte erkannte.

Es war mein Vater.

Kapitel fünf

Wir galoppierten heute mit anderen Pferden, die uns jagten. Keines konnte mich einholen. Meine Mutter hatte Angst, aber die Männer waren gar nicht gefährlich.

Es war sonnenklar: Mein Vater hatte einen Hinterhalt geplant, aber die Normannen waren klug genug gewesen, abseits des Weges zu reiten. Ich dagegen war direkt in die Falle geritten.

Ich zügelte Dannsair, die sich dagegen wehrte, weil sie immer noch die Männer schreckten, die hinter uns herjagten. Ich sah ein hässliches, grausames Grinsen auf dem Gesicht meines Vaters, als wir näher kamen. Dieses Grinsen blieb mir für immer im Herzen – es freute meinen Vater, ein normannisches Mädchen zu Tode zu erschrecken. Seinem Grinsen folgte ein Ausdruck höchsten Erstaunens, als er mein Gesicht sah. Dann lachte er sein volles, tiefes, heiseres Lachen.

»Erkennt ihr sie nicht?«, rief er seinen Männern zu.

Ich brachte Dannsair zum Stehen, und sie gehorchte unruhig seitwärts tänzelnd, während die Männer sich über die Hälse ihrer Pferde beugten, damit sie mich besser sehen konnten.

»Lara!«, rief Bebinns Vater, und schon brüllten sie alle meinen Namen, als kehrten sie siegreich von einer Schlacht zurück. Mein Vater stieg vom Pferd und warf die Zügel einem jungen Mann zu, den ich nicht kannte – nein, ich kannte ihn: Trian! Es war der jüngere meiner beiden Brüder. Er war nur sechs Jahre älter als ich. Aber er hatte sich verändert. Sein Gesicht war härter, eckiger als damals, als man ihn zu einem anderen Clan in die Lehre schickte. Wie ein Mann sah er aus.

»Und Fergal?«, rief ich ihm zu.

»Es geht ihm gut«, rief er zurück.

Alle Männer lachten und sahen mir zu, wie ich Dannsair im Kreis gehen ließ, damit sie sich beruhigte. Da machte mein Vater einen Schritt vorwärts, griff nach mir und hob mich von Dannsairs Rücken. Ich schaute über seine Schulter und sah, wie Bebinns Vater nach Dannsairs Zügeln griff.

Mein Vater wirbelte mich im Kreis herum. »Wo bist du gewesen?«, fragte er und stellte mich wieder auf die Füße. »Wo ist Fallon?«

»Das ist eine lange Geschichte«, sagte ich.

»Dann ist es am besten, wenn du sie erzählst, während wir weiterreiten«, sagte er. »Es gibt Normannen in der Nähe.«

Ich nickte. »Ich hab sie gesehen. Es ist ein ganze Weile her, dass sie vom nördlichen Wald herkamen, sie ritten genau nach Nordosten.«

Mein Vater tätschelte mir den Kopf, als wäre ich ein Hund nach der erfolgreichen Wildschweinhatz. Dann half er mir zurück auf Dannsairs Rücken, und Trian kam, und wir ritten Seite an Seite, nach Westen, nach Hause.

Ich erzählte den beiden das meiste von dem, was mir zugestoßen war. »Unsere gestohlene graue Stute hatte man in der Nähe der hohen Wiesen zum Sterben zurückgelassen«, begann ich meine Geschichte. »Dort hab ich sie gefunden und ihr bei der Geburt geholfen. Ich konnte das Fohlen retten, aber die Stute ist gestorben.«

Ich sah meinen Vater einen Blick auf Dannsair werfen und nickte. »Ja. Das ist das Fohlen der grauen Stute. Sie ist wunderbar silberweiß, aber ich hab ihr Fell mit Fieberklee braun gefärbt.«

Mein Vater hob die Augenbrauen, und ich erzählte weiter.

Ich erzählte ihm, wie ich Dannsair aufgezogen

hatte, und erwähnte die Zeit in Conalls Stall nur, um ihm zu sagen, dass Fallon auch dort gewesen war und dass es ihr gut ging – und dass ich sicher sei, dass sie nach Hause gehen konnte, wenn sie wollte.

Ich sagte ihm nicht, dass ich den Sohn eines Häuptlings mochte, der sein Feind war. Und ich erzählte ihm auch nicht, dass meine Tante Fallon den älteren Bruder dieses Jungen liebte. Fallon konnte ihre eigenen wilden Kämpfe mit meinem Vater ausfechten, wenn sie immer noch vorhatte, ihren Brian zu heiraten. Ich hatte keine solchen Hoffnungen, was Cormac oder irgendwelche anderen Jungen betraf – ich war mir nicht einmal sicher, ob ich überhaupt welche haben *wollte*. Die Nonnen hatten einen Lebenssinn und Glück auch ohne eine solche Liebe gefunden.

»Aber Fallon geht es gut?«, fragte mein Vater. »Du sagst, sie darf nach Hause kommen, wenn sie will?«

»Ja«, versicherte ich ihm. »Ich war mit dem Fohlen im Stall, aber sie war im Haus des Häuptlings. Sie haben uns mit Respekt behandelt«, fügte ich hinzu. »Sie wollten das Fohlen, nicht uns.«

Darauf lächelte er. Mein Vater war wie ein Hahn, was seinen Stolz anging. Er wollte nur wissen, dass der Häuptling seiner Schwester und seiner Tochter den gehörigen Respekt erwies. Weil das bedeutete, dass *er* respektiert wurde.

»Der Häuptling erhob Anspruch auf die graue Stute?«, fragte er, und ich nickte.

»Er sagte, sie sei übers Meer gebracht worden«, sagte ich.

Er sah nachdenklich aus. »Ich wusste, dass sie von edler Herkunft war, als ich sie fand«, sagte er. »Und sie gehörte mir, als sie das Fohlen bekam.«

Ich nickte, weil ich ihn verstand – er dachte, Dannsair gehöre ihm. Und ich widersprach ihm nicht. Ich fuhr mit meiner Geschichte fort und hoffte nur, dass ein Wunder geschah und es keinen Krieg zwischen Cormacs und meinem Vater geben würde.

Als ich erzählte, dass ich auch in Athenry gewesen war, lachte mein Vater laut. »Meine Söhne sind mutig und zuverlässig, aber sogar meine Tochter hat viel Mut«, sagte er laut genug, damit es alle hören konnten.

Die Männer bejubelten ihn und verstummten erst, als Trian die Hand hob. Er wollte den Rest der Geschichte hören.

Also erzählte ich ihnen von Dannsairs schönem Vater und dem Häuptling, der sein Besitzer war und der Dannsair dem Baron überlassen hatte. Ich erzählte, wie ich dem Baron und seinen Männern den ganzen Weg nach Athenry gefolgt war, und die ganze Zeit sah mich mein Vater dabei an. Ich musste seinem Blick ausweichen, damit ich nicht den Faden verlor. Ich konnte mich nicht erinnern, dass er mir jemals so aufmerksam zugehört hatte.

Trian sah mich an und musste grinsen, als ich erzählte, dass ich seinen Namen benutzt hatte, als ich so tun musste, als wäre ich ein Junge, damit ich Arbeit im Stall bekam. Über den Teil der Geschichte runzelte mein Vater die Stirn, und ich errötete. Meine Wangen wurden noch röter, als ich von dem Rennen berichtete und davon, wie ich betrogen worden war.

»Und der Stallmeister hatte dir wirklich das Pferd versprochen, wenn du gewinnst?«, fragte mein Vater.

Ich nickte. »Er sagte, der Baron wäre damit einverstanden, und gab mir sein Wort.«

Die Miene meines Vaters verdüsterte sich. Ich wusste, dass er jetzt wütend war. »Der Baron ist bekannt als ein Mann, der sein Wort hält – anders als die meisten anderen Normannen.«

Von da an erzählte ich schneller: von Niall, der mich gewarnt hatte, von der alten Brigit, die mir ihr Hochzeitskleid gab, und schließlich, wie ich Dannsairs mondfarbenes Fell mit Fieberklee dunkel gefärbt hatte.

»Dann sind wir schnurstracks durchs Nordtor geritten«, sagte ich, »und niemand hat uns erkannt. Es war fast, als wären wir unsichtbar. Seitdem bewegen wir uns vorsichtig im Wald, und das ist das Ende meiner Geschichte.«

Ich schloss meine Lippen und hoffte, dass ich nicht wieder rot wurde. Ich mochte das Lügen nicht, aber ich würde meinem Vater nichts über die Nonnen erzählen. Offensichtlich wusste er gar nicht, dass es ganz in der Nähe eine Abtei gab, und ich wollte es dabei belassen. Eines Tages würde ich dorthin zurückkehren, das wurde mir plötzlich ganz klar.

Mein Vater lachte laut über das Ende meiner Geschichte, und Trian lächelte mich an. Wenn er lächelte, konnte ich noch sein Jungengesicht erkennen; das machte mir das Herz gleich leichter.

»Wir haben nach dir gesucht«, sagte mein Vater. »Aber niemand konnte uns Auskunft geben, und die Hügel um die hohen Wiesen sind voller Viehspuren.«

Er lehnte sich im Sattel zurück und musterte Dannsair genau. »Sie besitzt Wüstenblut?«

Ich nickte. »Die graue Stute war von hinter dem östlichen Meer. Erinnerst du dich an die Narbe an ihrem Maul?«

Er nickte. »Eine merkwürdige Art, ein Pferd zu brandmarken.«

»Der Vater stammt aus irischer Zucht«, fuhr ich fort. »Er ist das Preispferd der Ställe, wo ich den Winter über war. Ihre richtige Farbe hat sie von ihm – sie ist wie der Mond in einer kalten Nacht.«

»Und sie züchten Schlachtrösser?«

Ich zögerte, erschrocken, dass er das wusste. »Niemand dort hat viel mit mir gesprochen«, sagte ich. »Vielleicht weiß Fallon mehr.«

»Ich habe Leute darüber reden hören«, sagte er. »Der Häuptling ist der Herr über viele Clans, hat man mir gesagt. Wenn es der ist, den ich meine, dann gibt es alten Hass zwischen unseren Familien.«

Ich sagte kein Wort. Was er sagte, passte zu dem, was Cormac mir erzählt hatte.

»Ich wusste, dass die graue Stute ein besonderes Tier war«, sagte mein Vater, »sonst hätte ich sie nicht gerettet.« Dann zeigte er auf Dannsair. »Ich wusste, dass ihr Fohlen etwas Besonderes werden würde.«

Ich blieb stumm. Dannsairs Mutter war zum Fürchten mager und verwundet gewesen, als er sie nach Hause brachte. Sie hatte gehinkt. *Ich* war es gewesen, die sie gesund gepflegt hatte, und *ich* hatte vor allen anderen bemerkt, dass sie trächtig war.

Ich hatte es mein ganzes junges Leben lang gewusst: Mein Vater und die Wahrheit waren einander nicht fremd, aber sie waren auch keine guten Freunde.

Er schüttelte den Kopf. »Es war schlau von dir, ihr das Fell zu färben. Deine Mutter sammelt immer Fieberklee, wenn das Wetter noch kühl ist. Du lässt sie so lange braun, wie ich denke, dass es notwendig ist.«

»Ich wollte nicht nach Hause kommen«, sagte ich. »Ich wollte meinen Clan nicht in Gefahr bringen. Und ich will immer noch nicht, dass …«

»Ich kann meine Familie beschützen«, unterbrach er mich, und ich konnte die Verärgerung in seiner Stimme hören. »Wir haben jede Schlacht gewonnen, seit das Wetter sich gewandelt hat!«, rief er. »Ich mag keine Männer, die lügen.«

Ich schaute nach den Hügeln vor uns und dann über die Schulter. Jedes Jahr, solange ich denken konnte, hatte er meiner Mutter versprochen, früher nach Hause zu kommen als im Jahr zuvor. Und Jahr um Jahr kam er später. Jedes Jahr hatte sie aufs Neue um sein Leben gebangt, um unser aller Leben, wenn ihm etwas zustieß. Jedes Mal hatte er versprochen, im nächsten Jahr zu Hause zu bleiben – und hatte es doch nie getan.

»Wir müssen sie immer im Auge behalten«,

sagte er und sah dabei Dannsair an. »Sie ist wertvoll.«

Ich nickte. Er hatte recht. Sich gegenseitig Pferde zu stehlen war nichts Ungewöhnliches unter den irischen Clans. Die Richter billigten den Diebstahl nur im Krieg. Aber die meisten Männer hätten einen Pferdediebstahl nicht vor Gericht gebracht. Auch mein Vater hätte unsere Pferde nur zurückgeholt, wenn er die Diebe von Dannsairs Mutter erwischt hätte. Das heißt: Wahrscheinlich hätte er ein paar Pferde mehr genommen, um ihnen eine Lehre zu erteilen.

Ich fragte mich, ob mein Vater aus Dannsair ein Schlachtross würde machen wollen. Ich wusste, dass er dazu imstande war. Er hielt gar nichts davon, dass Mädchen und Frauen ritten, wenn es nicht unbedingt nötig war. Und ein schnelles Pferd war wertvoll für einen Krieger. Vielleicht würde sich mein Vater eine Rüstung kaufen und in Zukunft wie ein Normanne kämpfen. Cormacs Vater und Conall hätten das auch gutgeheißen. Wenn Dannsair noch größer und kräftiger wurde, würde er sie haben wollen, da hatte ich kaum Zweifel. Wenn sie schlank blieb, vielleicht nicht.

Das Komische an diesem Tag des Wiedersehens aber war: Trotz all meiner Sorgen und obwohl ich die Abtei und meine Freundinnen dort vermisste, spürte ich, dass mein Herz leicht war und meine Stimmung stieg wie die Morgensonne am blauen Himmel.

Ich war auf dem Weg nach Hause.

Kapitel sechs

Meine Mutter ist glücklich. Ich kann es an ihrer Stimme erkennen. Es gibt unter den anderen Pferden einen alten kastanienbraunen Wallach, der nachts dicht neben mir steht, damit mir warm ist. Keines der Pferde ist so schnell wie ich. Meine Mutter hält mich immer ein bisschen zurück.

Ich kann die Freude nicht beschreiben, die zwei Tage später in mir aufstieg, als ich zum ersten Mal wieder den Kreis der Erdwälle unseres uralten Geheges sah. Ich hatte nicht gewusst, dass ich so nah war – der Weg, auf den ich zufällig gestoßen war, musste sich nach Süden geneigt haben. Wie ich das alte Gehege liebte, das unsere Vorfahren gebaut hatten und uns immer noch gute Dienste leistete!

Mein Vater und seine Männer hielten kurz die Pferde an, als wir den Fuß des Hügels erreichten, auf dem das Dorf unseres Clans gebaut war. Dann galoppierten sie hügelauf. Ich hielt mich hinter ihnen, aber das war nicht einfach. Ich hatte Dannsair schließlich beigebracht, dass sie andere Pferde überholen sollte, wenn sie konnte.

Ich verlagerte das Gewicht nach hinten und saß beinahe aufrecht, während wir auf die Häuser zuritten. Ich hielt die Zügel straff, und Dannsairs Maul berührte fast ihre Brust, so wehrte sie sich dagegen. Aber ich redete ihr gut zu und rieb ihr den Hals, da gab sie schließlich nach.

Ich hatte meine Gründe, hinter den anderen zu bleiben: Meine Mutter sollte nicht denken, mein Vater habe ein normannisches Mädchen entführt. Und ich wollte, dass sie zuerst meinen Vater sah, damit sie wusste, dass mit ihm alles in Ordnung war, bevor sie meiner ansichtig wurde. Der Schock wäre dann immer noch groß genug. Sie bangte immer, wenn er in seine Schlachten zog. Und von mir glaubte sie, ich sei für immer verloren. So hatte es mir mein Vater unterwegs erzählt.

Alle im Dorf glaubten das.

Ein ganzes Jahr war vergangen, seit Conall mich mit Dannsair, die damals noch auf dünnen Beinchen stakste, mitgenommen hatte. Jetzt ritt ich hinter den Männern her und hörte plötzlich die Stimme meiner Mutter. Sie rief den anderen Frauen zu, sie sollten kommen und ihre Männer begrüßen, die endlich von der Schlacht nach Hause gekommen seien. Es erklang ein ganzer

Chor von hellen Rufen, als ich, immer noch am Ende der Reihe müder Männer und Pferde, anhielt.

Ich sah meinen Vater, wie er meine Mutter hochhob und sie im Kreis herumwirbelte, seine starken Arme um ihre Taille. Als er sie absetzte, ging sie Trian umarmen. Da sah ich, wie er sich aus dem Sattel beugte und ihr etwas ins Ohr flüsterte.

Ihr ganzer Körper zuckte, als sie herumfuhr, um nach mir zu suchen. Sie rannte wie besessen, als sie mich entdeckte. Ich glitt von Dannsair und traf sie auf halbem Wege, und wir mussten beide weinen.

Oh, es tat so gut, meine Mutter wiederzusehen!

So gut.

Ich war so glücklich, dass ich lange kein einziges Wort sprechen konnte. Ich fühlte so viele Dinge auf einmal, dass ich nicht mehr Herr meiner Stimme war.

»Ich hab dich so vermisst«, konnte ich endlich sagen. »An jedem Tag, der vergangen ist, hab ich dich vermisst.«

Da weinten wir beide noch mehr. Sie streichelte mir das Haar, und ich wusste, dass sie sich fragte, warum es kürzer war und nicht länger als an dem Tag, an dem sie mich zum letzten Mal gesehen hatte.

Das ganze Dorf, der ganze Clan sammelte sich, alle kamen sie über die Wiesen gelaufen, riefen und waren glücklich, wie immer, wenn die Männer nach Hause kamen.

»Larach? Lara?«

Ich hörte Bebinns Stimme und drehte mich um. Sie stand neben ihrem Vater und ihrer Mutter und starrte mich an, als sähe sie eine Fee am helllichten Tag. Sie drehte sich um und rief Gerroc, und beide kamen gerannt, um mich zu umarmen.

Bebinn war immer noch die Größte von uns, aber nicht mehr so deutlich wie im Jahr zuvor. Ich war gewachsen und Gerroc auch. Ich sah Trian mit Tally reden, der mich anlächelte, sein gutes Herz lag auch in seinem Blick.

Die Männer brachten ihre Pferde ins Gehege. Die Tiere waren erschöpft, nun sollten sie endlich grasen und sich ausruhen dürfen. Ich ging mit Dannsair hinter den Männern her und wollte sehen, ob sie unruhig wurde, wenn ich sie allein ließ. Sie wurde es nicht. Sie schien vollkommen glücklich mit anderen Pferden. Innerhalb des Geheges stand das Gras kniehoch. Wenn mein Vater und seine Männer weg waren und mit ihnen ihre Pferde, wuchs es immer so hoch.

Den Rest des Tages verbrachte ich damit, Fragen zu beantworten und immer wieder meine

Geschichte zu erzählen. Mein Vetter Magnus saß dicht neben mir und lächelte. Er war jetzt größer und kräftiger, und er hinkte auch nicht mehr so sehr. Er war ein gutaussehender Junge geworden und überhaupt nicht mehr schüchtern. Er lehnte sich nach vorn und legte den Kopf schief, um nur ja jedes Wort zu hören.

Er war nicht der Einzige, der vor Neugier beinahe platzte. Alle hörten sie genau zu, besonders die Frauen. Ich sah Bewunderung auf ihren Gesichtern, als ich Burg Athenry und die Stadt darum herum beschrieb, die Abtei, die gewaltige Mauer mit den Toren und den Marktplatz mit seinen vielen Ständen, die prächtigen Kleider der Menschen dort und ihre wunderbar kunstvollen Kämme, die geschickte Handwerker aus Knochen schnitzten.

Es war komisch zu wissen, dass ich mehr gesehen hatte als irgendeine der erwachsenen Frauen meines Clans. Die Männer reisten, um die Normannen zu bekämpfen oder unsere irischen Feinde; aber die Frauen verließen selten den Clan, in dem sie geboren waren, außer sie heirateten einen Jungen, der in die Lehre gekommen war und danach wieder nach Hause zu seiner Familie ging.

Erst als es Nacht wurde und der neue Tag begann, machten sich alle auf den Weg zu ihren eigenen Häusern und Feuerstellen. Nur Bebinn und Gerroc blieben mit mir auf der Bank, die mein Vater vor vielen Jahren aus einem Baumstamm geschnitzt hatte.

Ich hätte ihnen so gern von der Abtei erzählt, aber ich tat es nicht. Früher oder später hätte sonst der ganze Clan davon erfahren. In einem Clan kann man keine Geheimnisse haben. Auch von der goldenen Spange, die ich noch zu Hause gefunden hatte, hatte ich niemandem erzählt. Ich hatte schon zwei Geheimnisse. Ehrlich gesagt, war mir dabei ein bisschen unbehaglich.

»Seid du und Tally immer noch voneinander angetan?«, fragte ich Bebinn.

Sie nickte. »Ja. Aber wir sind beide noch zu jung, um eine Hochzeit zu planen, sagt meine Mutter. Wenigstens mag sie ihn. Und seine Mutter mag mich auch.«

»Alle Mütter mögen dich«, sagte Gerroc. »Es gibt keine Familie im Clan, die dich nicht willkommen heißen würde.«

Bebinn berührte Gerrocs Wange. »Dasselbe gilt für dich«, sagte sie und sah erst Gerroc an und dann mich. »Aber sie werden sie nicht kriegen. Unsere Gerroc wird eines Tages mit Artt gehen, glaube ich.«

Ich merkte, wie sich meine Augen weiteten.

»Artt?«

Gerroc nickte und atmete mit einem leisen Seufzer aus. »Sein Clan hat ihn hierher geschickt, damit er von Cellaig das Knochenschnitzen lernt.«

»Er ist also den größten Teil des letzten Jahres hier gewesen?«, fragte ich.

Gerroc nickte. Sogar im schwachen Schein der Sterne konnte ich sehen, wie ihre Wangen sich röteten. »Er ist gleich gekommen, nachdem du – nachdem sie dich und Fallon fortgebracht hatten.«

»Und du magst ihn?«

Sie nickte wieder. »Sehr. Du wirst ihn bald treffen. Er war kurz hier, als du angekommen bist, aber du kennst den alten Cellaig.«

Ich nickte. Cellaig war nett, aber er nahm seine Arbeit sehr ernst. Seine Lehrjungen hatten immer gut zu tun.

Ich stand auf und wunderte mich im selben Augenblick, dass ich es tat. »Ich bin müde«, hörte ich mich zu Bebinn und Gerroc sagen. Das stimmte, aber da war noch etwas anderes, ein Gefühl von Abstand, das ich nicht benennen konnte.

Bebinn erhob sich lächelnd und berührte meine Wange. »Kommst du morgen und hilfst uns beim Melken?«

Ich nickte. Melken war unsere Aufgabe gewesen, seit unsere Hände groß genug dafür waren. Mir wurde plötzlich klar, dass ich seit einem halben Jahr keine Kuh mehr gemolken hatte – aber es hatte mir auch nicht gefehlt.

Ein halbes Jahr war eine lange Zeit.

»Gute Nacht«, sagte Bebinn und küsste mich auf die Wange. »Wir sind so glücklich, dass wir dich wieder hier haben, wo du hingehörst.«

Gerroc umarmte mich hart genug, um mir die Rippen zu quetschen. »Wir waren alle so traurig an dem Tag, als wir ohne dich nach Hause mussten ... und ...«

»Es war schrecklich«, sprang Bebinn ein, als Gerrocs Stimme versagte.

»Du hast mir geholfen«, sagte ich ihr. Sie war ein Jahr zuvor entführt worden, aber zu uns zurückgekehrt. Weil sie ihren Verstand und ihren ganzen Mut eingesetzt hatte. »Ich hab mich an deinen Mut erinnert, das hat mir geholfen, meinen eigenen nicht zu verlieren.«

Wir umarmten uns alle drei und wiegten uns lange, bevor wir auseinandergingen. Sie verschwanden über den Pfad in der Dunkelheit, und ich ging hinein und rollte mich in der Nähe der Feuerstelle zusammen. Es roch vertraut nach den Körben voller Kräuter, die meine Mutter gesammelt hatte.

Sie hatte mir eine Wolldecke an meinen üblichen Schlafplatz gelegt und darauf ein Alltagsgewand. Ich würde meinen wollenen Mantel und mein weiches Gewand vermissen – alle meine Besitztümer waren noch in der Abtei.

Ich zweifelte nicht, dass Agnes und die Äbtissin sich fragten, was aus mir geworden war – dass sie sich Sorgen machten. Sie würden den Leinensack mit meiner Habe sicher verwahren; die goldene Pferdespange, mein Mantel und mein Gewand – alles würde dort sein, wenn ich zurückkehrte.

Ich konnte meinen Vater schnarchen hören, und ich lauschte dem Rhythmus seines Atems, während ich darauf wartete, dass meine Gedanken zur Ruhe kamen, damit ich schlafen konnte.

Trians Schlaflager war an der gegenüberliegenden Wand. Ich hörte ihn kommen, obwohl er sich leise bewegte, damit er niemanden weckte. Ich fragte mich, wo er gewesen war. Gab es ein Mädchen, das er mochte? Oder sah er sich nur die Sterne an? Als kleiner Junge hatte er das immer getan. Ich erinnerte mich noch, wie Mutter dann in der Tür stand und in die Dunkelheit rief, dass er endlich hereinkommen solle.

Ich fühlte, wie mein Zuhause, meine Familie, mein Clan mich umgaben, nah und warm. Und obwohl ich ahnte, dass ich nicht mehr hierher gehörte, beruhigte dieses Gefühl mein unruhiges Herz. Irgendwann schlief ich ein.

Kapitel sieben

Diese hohen Wälle aus Erde halten den Wind ab. Sie dämpfen auch das Geheul der Wölfe in der Ferne. Die Pferde sind zufrieden hier, und wir schlafen alle gut und fest.

Als ich am nächsten Morgen erwachte, fuhr ich mit einem Ruck auf, und mein Herz tat einen Satz, als ich die Augen öffnete.

Ich *war* zu Hause. Es war kein Traum gewesen.

Meine Mutter kam und gab mir einen Kuss auf die Stirn, dann blies sie in die Glut der Feuerstelle und fachte das Feuer wieder an. Sie kochte Gerstenwasser. Mein Vater hatte die Hände hinter dem Kopf verschränkt und starrte an die Decke.

Trian stand auf und ging hinaus, ohne ein Wort zu sagen; seine Augen waren noch ganz klein vom Schlaf.

»Er ist nicht glücklich hier«, hörte ich meinen Vater sagen. »Er vermisst das Meer, glaube ich. Er wird bald dorthin zurückgehen wollen.«

Ich hörte meine Mutter seufzen, aber sie gab

keine Antwort. Ich schüttelte mir das Stroh aus den Haaren und ging hinaus in den kühlen Morgen.

»Heute gehe ich mit melken«, rief ich durch die Tür ins Haus.

»Trödle aber nicht herum«, antwortete meine Mutter. »Ich brauche deine Hilfe, wir pflanzen Färberwaid und Krapp. Hörst du mich?«

»Ja«, rief ich und schaute in den Himmel. Meine Mutter hatte Arbeit für mich. Es war wieder alles wie immer.

Die Sonne ging auf, und ich rannte zum Gehege. Wie am Abend zuvor erschienen mir die enormen Wälle aus Erde, die ich doch mein ganzes Leben lang gekannt hatte, fremd und unglaublich groß. Die alte Eiche neben dem Tor im äußeren Gatter raschelte, als eine kleine Windbö die Krone schüttelte. Ich hatte mich mehr als einmal oben in ihren Ästen versteckt, wenn Fallon oder mein Vater wütend auf mich waren.

Das Tor ließ sich leichter öffnen; ich war größer und stärker geworden seit dem letzten Mal, als ich es geöffnet hatte.

Drinnen rief ich leise Dannsairs Namen. Gleich darauf hörte ich sie wiehern.

»Dannsair?«, rief ich noch einmal, und jetzt hörte ich, wie sie sich in meine Richtung bewegte.

Einige andere Pferde wurden wach und schlugen mit ihren Schweifen. Dann war Dannsair neben mir, ihr warmer Atem kitzelte meine Wange, mein Ohr und die Haut unter meinen Haaren. Als sie mich beschnuppert hatte, umarmte ich sie und spürte, wie die Wärme ihres Fells in meine Haut drang.

»Das ist der Ort, von dem ich dir erzählt habe«, sagte ich, als sie mich mit ihrem Maul befühlte. »Das hier ist *zu Hause*.«

Dannsair hob ruckartig den Kopf. Sie hatte etwas gehört. Gleich darauf hörte ich Bebinns und Gerrocs Stimmen.

»Ich komme später wieder«, versprach ich Dannsair. »Ich muss jetzt melken gehen.« Ich küsste ihr das warme Maul und umarmte sie noch einmal.

»Da bist du ja!«, rief Bebinn, als sie mich aus dem Gehege kommen sah. Sie hatten gerade den Weg zu unserem Haus einschlagen wollen. Jetzt drehten sie sich um und kamen auf mich zu.

Ich rannte ihnen entgegen.

Bebinn umarmte mich fest. »Oh Lara, wir haben solche Angst um dich gehabt!«

Gerroc nickte. »Wir haben fast jeden Tag geweint.«

Bebinn berührte meine Wange. »Wir hatten

Angst, dass man dich schlagen oder dir nicht genug zu essen geben würde. Und wir waren sicher, dass man dir das Fohlen wegnehmen wollte, und wir wussten doch, dass es dir das Herz brechen würde.«

Wir gingen im gleichen Schritt die Wege, die ich mein ganzes Leben lang gegangen war, bis vor einem Jahr.

»War es schlimm?«, fragte Gerroc. »Du hast gesagt, dass dir niemand wehgetan hat. Aber wie hast du es ausgehalten, so lange weg zu sein, so weit weg von allen?«

»Es war hart«, sagte ich vorsichtig. Ich konnte an ihren Gesichtern sehen, dass sie schon der Gedanke, irgendwo anders als hier zu sein, erschreckte. War es mir irgendwann einmal auch so gegangen? Ich war mir nicht sicher. Jetzt ging es mir jedenfalls nicht so. Und Gerroc wollte eines Tages mit Artt fortgehen, daran zweifelte ich nicht. Dazu musste sie irgendwann den Mut finden.

»Am Anfang hab ich mich um Dannsair gekümmert«, sagte ich laut. »Dann hab ich versucht, sie wiederzufinden, und am Ende bin ich geflüchtet, damit ich mich um sie kümmern kann.«

»Ohne sie hättest du nicht zurückkommen können«, sagte Bebinn.

Ich nickte. »Und ich dachte, ich könnte auch

mit ihr nicht zurückkommen – weil ich euch alle in Gefahr bringe. Der Baron kann immer noch nach Dannsair suchen, wer will das wissen.«

Gerroc sah mich an. »Du meinst, er könnte ...«

Ich nickte. »Er wird die Vorstellung hassen, dass ein einfacher irischer Junge ihn ausgetrickst hat. Und wenn er mit dem Häuptling spricht oder mit Conall, wird er noch wütender sein. Weil er dann ahnt, dass ich ein Mädchen bin.«

Gerroc runzelte die Stirn. »Du hast wirklich gedacht, dass du nie mehr zurückkommen würdest?«

Ich nickte und sah, wie der Ausdruck auf ihren Gesichtern sich verwandelte. Bebinn schob ihre wilden roten Haare aus dem Gesicht und schaute weg.

Gerroc konnte sich nicht mal vorstellen, nie mehr nach Hause zu kommen. Und Bebinn machte der Gedanke, dass wütende Normannen kommen könnten, Angst. Sie griff nach meiner Hand und sagte eine ganze Weile nichts. Dann schaute sie mir ins Gesicht und sagte: »Als *ich* gefangen war, war ich nur ein paar Tage weg von zu Hause, und niemand war grausam zu mir. Dein Mut wurde auf eine viel härtere Probe gestellt.«

Gerroc ging schweigend neben uns und hörte zu. Sie war noch nie von zu Hause weg gewesen, das wusste ich – nicht weiter als letzten Sommer auf den hohen Wiesen jedenfalls. Sie war noch nie von Fremden entführt worden, ohne zu wissen, wie man sie behandeln würde. Sie konnte nicht wissen, was Bebinn und ich herausgefunden hatten.

Die Wahrheit ist: Man denkt, man hätte keine Kraft, schreckliche Dinge auszuhalten, aber das stimmt nicht. Wir alle haben diese Kraft. Wie sonst würde es neue Generationen geben, immer wieder?

Ich war in Gedanken versunken, als Bebinn laut lachte.

Ich drehte mich zu ihr um.

Sie lächelte mit zusammengekniffenen Augen. »Gerade musste ich daran denken, dass du sicher nicht weißt, wer dieses Jahr auf der Sommerweide ist, oder?«

Ich schüttelte den Kopf.

»Rate!«

»Wer?« Ich hatte nicht daran gedacht, aber natürlich war jemand auf der Sommerweide, wie jedes Jahr. Die Kühe wurden einen Tag nach *Beltaine* hingebracht, damit sie dick wurden und ihre Kälber im weichen Gras der hohen Wiesen zur Welt bringen konnten. So waren dann auch die Getreidefelder zu Hause vor ihnen sicher.

Bebinn wollte es mir nicht sagen, wenn ich

nicht riet, so dass ich schließlich die zwei älteren Mädchen nannte, die schon im vergangenen Jahr mit uns zusammen gegangen waren. »Dailfind und Inderb?«, sagte ich.

»Ja«, flüsterte sie. »Aber mit sechs *Jungen*, alle vierzehn, fünfzehn Jahre alt, also fast erwachsen.«

Gerroc nickte. »Es ist wahr. Dein Vater wollte die Mädchen nicht mehr allein hinschicken nach dem, was im letzten Jahr geschehen war.«

Ich holte tief Luft. Jungen in Trians Alter auf der Weide? – Sie mussten es hassen. Es gab dort tagein, tagaus nichts anderes zu tun als zu melken, die Milch von der Molke zu trennen und Käse zu machen. Dailfind und Inderb wurden gebraucht, um es ihnen beizubringen – die wenigsten Jungen lernten jemals etwas über diese Dinge.

Wir gingen weiter, und ich konnte hören, wie die Kühe sich im Morgengrauen am Zaun des Stalls versammelten, als sie uns kommen hörten. Wir gingen hinein, und Bebinn benutzte die rot glühende Kohle, die sie von der Feuerstelle ihrer Mutter mitgebracht hatte, um einen Haferstrohhalm anzuzünden. Den benutzte sie dann, um die Talgkerze auf dem Regal über dem Melkplatz anzuzünden.

Eine riesige schwarz-weiße Katze kam an die Tür und rieb sich an meinen Beinen.

»Sie gehört Magnus«, sagte Bebinn. »Er hat sie lange mit einem in Milch getunkten Stück Stoff gefüttert. Ihre Mutter war plötzlich verschwunden – Wölfe wahrscheinlich. Sie hier war die Schwächste des ganzen Wurfs, und sieh sie dir jetzt an!«

Ich lachte. Das war die größte Katze, die ich je gesehen hatte, und Magnus als Katzenmutter war eine schöne Vorstellung. Er war sanfter als die meisten Jungen – und als die meisten Mädchen.

Das Melken fühlte sich nach der langen Zeit komisch an. Als wir fertig waren, taten mir meine Hände weh; das war mir noch nie passiert. Dabei waren es nur fünf Kühe, die wir melken mussten. Der Rest war auf der hohen Weide, wo das Gras jetzt saftig war und hoch.

Wir hoben unsere schweren Milcheimer und machten uns auf den Weg zu den Häusern.

»Fast hätten wir wieder die Felder düngen müssen«, sagte Gerroc, nachdem wir eine Weile schweigend gegangen waren. »Zum Glück sind die Männer rechtzeitig gekommen, jetzt müssen wir uns nur um die Gärten kümmern.«

Bebinn nickte. »Dafür brauchen wir nicht länger als einen Tag oder zwei. Danach können wir spinnen oder Bienen suchen gehen.«

»Ich helfe meiner Mutter gern«, sagte ich. »Sie

ist wieder so dünn. Ich möchte nicht, dass sie hart arbeiten muss.«

»Sie sieht nur aus Sorge um dich und deinen Vater so graugesichtig und traurig aus«, sagte Bebinn.

Ich warf ihr einen stummen Blick zu. Ihre Worte trafen mich ins Herz. Ich hätte es wissen müssen, dass es so war, aber ich hatte nicht einmal daran gedacht. Dabei hatte ich doch Jahr für Jahr erlebt, wie sie sich den ganzen Sommer hindurch Sorgen um meinen Vater machte – das war die Zeit der Schlachten, in der Vater von zu Hause fort war.

»Vielleicht solltest du dich lieber ausruhen«, sagte Gerroc. »Es war eine lange Reise.«

Ich lachte. »In Athenry hab ich viel härter gearbeitet als in der Zeit danach.« Ich hob den Arm und spannte meine Muskeln an.

»Mehr als bei den meisten Jungen«, sagte Gerroc, und wir mussten alle lachen.

Genau da hörten wir Hufschläge. Wir drehten uns um und schauten zu den Häusern hinauf.

Kapitel acht

Heute kamen Männer. Sie rochen wie der Ort, an dem ich so lange ohne Sonne und frische Luft gehalten wurde. Meine Mutter war nicht bei ihnen. Ich stand hinter dem kastanienbraunen Wallach, der in meiner Nähe graste. Ich möchte nicht dorthin zurückkehren.

Sechs Pferde tauchten unter den Bäumen rechts vor der Hügelkuppe auf. Meine schlimmsten Träume waren wahr geworden: Die Reiter trugen normannische Hemden und Beinkleider, und ich erkannte den schwer gebauten gescheckten Wallach aus dem Stall des Barons von Athenry.

»Lauf nach Hause«, sagte Bebinn und berührte dabei leicht meinen Arm. »Wir gehen es unseren Vätern sagen.«

Ich wandte mich um und rannte mit dem Milcheimer in der Hand los, während ich hinter mir schon Rufe hörte. Bebinn und Gerroc bräuchten es niemandem mehr zu sagen. Der ganze Clan hatte die Reiter kommen hören.

Ich war fast zu Hause, als die Männer an mir vorübergaloppierten, dann anhielten und den Namen meines Vaters riefen. Er trat aus dem Haus und ging auf sie zu. Dann sah er mich und machte mir Zeichen. »Bring die Milch hinein, Tochter!«

Ich tat es und schloss die Tür hinter mir. Zitternd vor Angst stand ich vor meiner Mutter. Ich hatte noch einen kurzen Blick auf die Gesichter der Männer werfen können und nur einen von ihnen erkannt. Wenigstens war der Stallmeister nicht unter ihnen.

Meine Mutter tätschelte mir die Hand.

»Ganz ruhig! Sie haben dich für einen Jungen gehalten, das hast du doch selbst erzählt.«

Ich nickte. »Nur die alte Brigit wusste Bescheid, und die hat mich bestimmt nicht verraten.«

Sie schob mir die Haare aus dem Gesicht. »Dann hast du nichts zu befürchten. Und sie werden ein mondfarbenes Pferd suchen, kein braunes.«

Ich nickte wieder und hoffte inständig, dass sie recht hatte. Nein, sie würden Dannsair nicht wiedererkennen, nicht zwischen über zwanzig anderen Pferden im Gehege.

»Vielleicht wollen sie auch nur etwas essen und einen Platz, wo sie rasten und jagen können«, sagte meine Mutter im Flüsterton.

Ich nickte und wusste nicht recht, was ich mir wünschen sollte. Wenn sie Dannsair suchten und nicht fanden, zogen sie bestimmt schnell weiter. Wenn sie aber unsere Gastfreundschaft einforderten, wie es die Normannen konnten und gern taten, dann war es gut möglich, dass sie länger blieben, zwei Tage oder sogar drei. Sie würden essen und trinken, obwohl wir für uns selbst nicht viel hatten, und sie würden verlangen, dass mein Vater ihnen bei der Jagd nach Rehen und Wildschweinen half. Bis spät in die Nacht würden sie dann am Tisch meiner Mutter sitzen und ihre großen Reden führen. Mir schauderte bei dem Gedanken.

Ich öffnete die Tür einen winzigen Spaltbreit und schaute hinaus. Was ich sah, ließ mir die Beine zittern: Sie ritten hinter meinem Vater her, der sie den Hügel hinunter zum Gehege führte.

Sie waren wegen Dannsair gekommen. Der Baron von Athenry hatte sie geschickt. Sie suchten eine mondfarbene Stute.

Als zwei der Männer meinem Vater durchs Tor im äußeren Gatter folgten, griff ich nach der Hand meiner Mutter. Ich konnte natürlich nicht sehen, was drinnen im Gehege vor sich ging. Aber was immer es war, es dauerte länger, als ich ertragen konnte.

Dannsairs Fell war noch immer fieberklee-braun – die Farbe der alten Brigit wirkte gut. Aber wenn sie zwischen der Herde herumgingen, fielen ihnen vielleicht Dannsairs lange Beine auf. Oder ihre Größe – sie war so groß für einen Jährling! Ihr Kopf und ihr Hals hatten eine so edle Form, schöner und anmutiger, als ich es je bei einem anderen Pferd gesehen hatte. Und ich hatte viele edle Pferde gesehen!

Ich konnte Gerroc und Bebinn bei ihren Häusern sehen, ich sah Trian und all die anderen – und alle taten so, als wären sie mit irgendetwas Wichtigem beschäftigt.

Dabei schauten alle zum Gehege. Alle kannten meine Geschichte und wussten, was dort vor sich ging. Niemals würden sie mich verraten, das wusste ich. Aber ich hätte mir gewünscht, sie hätten nicht gar so oft zu den Männern hingesehen. Irgendwann würden die sonst misstrauisch werden.

Nach einer Zeit, die mir wie eine Ewigkeit vorkam, kamen die zwei Männer und mein Vater wieder aus dem Gehege. Ich meinte zu hören, dass sie miteinander lachten. Meine Mutter drückte meine Hand. Mein Vater schloss das Tor und blieb noch eine Weile bei den Männern stehen. Schließlich sah ich Trian hügelabwärts gehen und wie mein Vater ihm Zeichen machte, dass er sich beeilen sollte. Es sah aus, als wäre es ihm wichtig, dass auch sein Sohn die Normannen kennenlernte.

Mein Vater spielte seine Rolle gut. Er hasste die Normannen und bekämpfte sie, wie er konnte, aber nur weit genug von unserem Dorf entfernt, wo ihn niemand kannte. Mit den Normannen, die in unserem Landstrich herrschten, stellte er sich gut.

Nach wieder einer Weile wendeten die Männer ihre Pferde und ritten auf das Wäldchen zu, aus dem sie gekommen waren. Ich meinte sogar, eins ihrer Pferde husten zu hören. Der Weg, den sie nahmen, war trocken, und unter ihren Hufen wirbelte der Staub.

Trian und mein Vater kamen breit lächelnd den Hügel herauf.

»Lara«, sagte mein Vater, noch ehe sie uns erreichten, »wir haben nichts zu befürchten. Sie ziehen von Clan zu Clan und werden nicht zurückkommen.«

Ich trat ins Freie, und meine Erleichterung war so groß, dass ich es nicht in Worte fassen kann.

Mein Vater hob mich hoch und wirbelte mich im Kreis.

»Sie können uns Iren nicht voneinander unterscheiden«, rief er lachend. »Sie wissen nie, ob wir gegen sie kämpfen oder sie nur füttern.«

»Ich hoffe, dass du recht hast«, sagte ich, als ich wieder auf meinen Füßen stand. Ich erschrak beinahe selbst über meine Worte. Mein Vater war es nicht gewohnt, dass jemand an ihm zweifelte.

Sein Mund wurde ein gerader Strich. »Natürlich habe ich recht«, sagte er und tätschelte mir den Kopf. Als er sich umdrehte und davonging, wusste ich, dass er mit seinen Gedanken schon wieder bei anderen, wichtigeren Dingen war.

Trian folgte ihm, und während ich ihm nachsah, wurde mir klar, dass er nicht der war, den ich kannte. Er war fast ein Mann und unserem Vater näher als unserer Mutter oder mir. Ich hatte ihn verloren, und das machte mich traurig.

Meine Mutter stand neben mir. »Ich wünschte mir so sehr, dass das Kämpfen irgendwann ein Ende hat. Dass er nicht mehr fortgeht. Dass sie alle nicht mehr fortgehen.«

Ich schlang die Arme um sie und hielt sie lange fest. Es war merkwürdig. Mein ganzes Leben lang hatte *sie mich* getröstet, und sie hätte es auch jetzt getan, hätte ich ihr von meiner großen Sorge erzählen können, dass ich die Menschen, die ich am meisten liebte, immer wieder in Gefahr brachte. Ich hoffte, dass es irgendwo einen Platz gab, wo ich es nicht tat, aber auch von dieser Hoffnung konnte ich ihr nicht erzählen.

Als ich spürte, wie sie den Rücken straffte, ließ ich sie los und machte einen Schritt zurück.

»Gerroc und Bebinn sagen, dass sie heute in den Gärten helfen sollen«, sagte ich. »Darf ich auch? Bitte?«

Sie lächelte erst und lachte schließlich schallend. Es war ansteckend. Und sie lachte so, weil ich wie ein Kind geklungen hatte, das um Honig bettelt.

»Ich möchte mit ihnen zusammen sein«, sagte ich, als wir uns wieder beruhigt hatten.

Sie nickte, immer noch lächelnd. »Ich weiß, dass sie dich schrecklich vermisst haben. Sie haben mich beinahe jeden Tag besucht. Aber – du bittest mich darum, in den Gärten helfen zu dürfen? Du weißt, dass dort auch gedüngt werden muss ...«

Ich nickte grinsend. Früher war mir diese Arbeit zuwider gewesen. Aber jetzt war mir bei dem Gedanken daran fast schwindlig vor Glück. Die Männer des Barons waren gekommen und wieder weggegangen. Ich war zu Hause, und meine Freundinnen warteten auf mich, wie sie es immer getan hatten. Im Nachhinein denke ich, ich wollte wenigstens für ein paar Stunden oder Tage so tun, als stünde alles zum Besten, als wäre mein Leben geordnet und voller Glück.

Tatsächlich machte mir die Arbeit Spaß. Dannsair durfte den kleinen Schlitten aus Kuhhaut ziehen, auf dem wir den Dünger zu den Gärten brachten. Sie mochte das lederne Geschirr nicht, aber sie ertrug es mir zuliebe, und bis zum Mittag erschien es mir beinahe so, als hätte sie es vergessen. Klaglos zog sie den hoch beladenen Schlitten vom Misthaufen beim Kuhstall zu den Gärten. Bebinn und Gerroc tätschelten sie ein ums andere Mal und lobten sie dafür. Früher hatten wir den Schlitten selbst ziehen müssen. Als Bebinn Dannsair gar aufs Maul küsste vor Dankbarkeit, mussten wir alle lachen. Wir hatten gar nicht das Gefühl zu arbeiten, es war alles ein großer Spaß.

Dennoch brauchten wir drei Tage und nicht zwei, wie wir zuerst gedacht hatten; es regnete jeden Nachmittag. Wenn der Regen begann, rannten wir schnell zu mir. Wir wussten, dass meine Mutter nachmittags bei der alten Tante Orlaith war. Der half sie im Haus, wann immer sie Zeit dazu hatte. Sie zerrieb der Tante die Kräuter fürs Färben und richtete ihr den Webstuhl. Noch besser aber war, dass auch mein Vater nicht zu Hause war, denn es war die Zeit der Rotwildjagd, und die Männer gingen früh am Morgen in den Wald.

Es war wunderbar, das Haus für sich allein zu haben, nur für uns drei. Wir waren so lange getrennt gewesen. Es waren verregnete Nachmittage, und wir verbrachten sie mit Lachen und Reden. Beim Spinnen saßen wir dabei nur, damit niemand dachte, wir seien faul.

Ich konnte viel besser spinnen als früher, das sahen Bebinn und Gerroc sofort. Da erzählte ich ihnen mehr von der alten Brigit in Athenry, die so wunderbar webte und färbte, und ich holte den normannischen Sattel, damit sie ihn sich anschauen konnten. Er war jetzt ein wenig abgenutzt, aber immer noch schön.

Bebinn ließ die Hände über das dicke Polster gleiten, das über dem Widerrist des Pferdes zu liegen kam.

»Weißt du, wie sie das gemacht hat?«, wollte sie wissen.

Ich schüttelte den Kopf. »Ich hab ihr dabei zugesehen, aber nicht wirklich verstanden, wie sie es macht. Sie benutzte dazu einen Webstuhl, wie ich noch nie einen gesehen hatte.« Da sie schon Dannsairs Zaumzeug bewundert hatten, beschrieb ich ihnen wenigstens, wie das Weben mit den Holzscheiben ging.

»Ich frag mich immer, ob die Menschen auf der anderen Seite des Meeres wohl anders weben als wir«, sagte Gerroc und schaute mich an, als erwarte sie, dass ich das wusste. »Was meinst du, gibt es viele Völker dort?«, fragte sie.

»Ich weiß es nicht«, antwortete ich.

Dann trafen sich unsere Blicke, und ich sah einen merkwürdigen Ausdruck über ihr Gesicht huschen.

»Woran denkst du?«, fragte ich.

»Dass du Dinge gesehen hast, die ich nie sehen werde«, sagte sie und wurde rot dabei.

Diesmal antwortete ich ihr nicht sofort. Sie hatte recht, und ich hatte dasselbe auch schon gedacht.

»Es war ja nicht geplant«, sagte ich nach einer Weile des Schweigens. »Es ist mir alles so passiert.«

»Nein«, sagte jetzt Bebinn und legte ihre Spindel weg. »Es ist dir nicht nur so passiert. Die meisten Mädchen an deiner Stelle wären weggerannt. Schließlich waren es ausgewachsene normannische Krieger, die dir dein Fohlen weggenommen haben. Und du bist ihnen noch gefolgt!«

»Sie hat recht, Lara«, sagte Gerroc.

Ich arbeitete, ohne aufzublicken.

»Für Dannsair war ich ihre Mutter«, sagte ich leise. »Und ich bin es immer noch. Ich liebe sie. Wie konnte ich sie da wildfremden Menschen überlassen?«

»Trotzdem«, sagte Gerroc. »Du hast sogar einen Weg in ihre Stadt gefunden.«

Ich schüttelte den Kopf. »Niall hat mir dabei geholfen. Allein hätte ich es nie geschafft.«

»Natürlich warst du allein«, antwortete Gerroc störrisch. »Und niemand konnte dir sagen, was du tun sollst. Wie viele Mädchen haben so etwas wohl überhaupt je erlebt?«

Ich zuckte die Achseln, weil mir auch nichts einfiel, was ich hätte erwidern können.

Sie hatte ja recht.

Von da an schwiegen wir lange. Ich war mir nicht sicher, was meine Freundinnen dachten, aber ich selbst musste mir etwas eingestehen: Allen Gefahren, der Einsamkeit und Kälte und dem schlimmen Hunger zum Trotz hatte es mir gefallen, allein unterwegs und nur mir selbst verantwortlich zu sein. Und genauso gefiel es mir, Geheimnisse zu haben.

Wir spannen schweigend und machten, ohne darüber zu sprechen, einen Wettbewerb daraus. Erst als Bebinn im Eifer die Spindel fallen ließ, brachen wir in ein erleichtertes Gelächter aus. Ich kochte schwaches Gerstenwasser, und wir tranken es in vorsichtigen Schlucken aus den Horntassen meiner Mutter. Wir taten so, als wären wir vornehme normannische Damen, und ich erzählte von den schönen Kleidern, die ich an den normannischen Mädchen gesehen hatte. Als sie noch einmal das Kleid der alten Brigit sehen wollten, zeigte ich es ihnen. Sie seufzten, während sie den weichen Stoff befühlten.

Dann wurde Bebinn plötzlich ernst, und ich sollte gleich erfahren, warum.

»Tally sagt, dein Vater will, dass er morgen Dannsair reitet«, sagte sie.

Ich war erst sicher, dass ich nicht richtig gehört hatte. Doch wenn ich darüber nachdachte ...

»Mein Vater will, dass Tally ...?«

Bebinn nickte.

»Er soll einmal richtig mit ihm galoppieren«, sagte sie. »Ich hab mir gleich gedacht, dass es dir nicht recht ist, und hab es Tally auch gesagt. Er sagt aber, er muss tun, was dein Vater ihm befiehlt.«

Ich schaute Bebinn an. »Warum sollte mein Vater *Tally* darum bitten?«, sagte ich.

Bebinn seufzte. »Ich wusste, dass es dir nicht recht ist. Aber ich bin sicher, dass Tally ganz vorsichtig ist. Er ist ein guter Reiter.«

Ich biss mir auf die Lippe. »Ich bin mir nicht sicher, dass sie jemand anderen auf ihrem Rücken duldet. In Athenry hat es ein dummer normannischer Junge versucht, den hat sie abgeworfen.«

Das war die Wahrheit. Und ich war mir überhaupt nicht sicher, ob Tally vorsichtig sein würde. Aber das war es nicht, was mich am meisten beunruhigte.

Ich *wollte* einfach nicht, dass jemand anders Dannsair ritt, wenigstens *noch nicht*. Sie war immer noch jung, und Tally war viel größer und schwerer als ich. So dachte ich, aber auch das war noch nicht die ganze Wahrheit.

Dannsair gehörte mir und nicht meinem Vater! Ich hatte gewusst, dass er das nicht so sehen würde, aber ich hatte gehofft, ihn mit der Zeit davon überzeugen zu können.

Bebinn musterte mich eine Weile aufmerksam, dann beugte sie sich wieder über ihre Arbeit.

»Hast du Tally gestern nach dem Abendessen noch getroffen?«, unterbrach Gerroc irgendwann die Stille.

»Ja«, sagte Bebinn. »Er war ein bisschen verärgert, dass ich so lange arbeiten musste und wir nicht mehr spazierengehen konnten.«

»Artt ist genauso«, sagte Gerroc mit einem verständigen Nicken.

Die beiden waren bei ihrem Lieblingsthema angelangt: Tally und Artt. Ich hatte ihnen noch nichts von Cormac erzählt, aber das war es nicht, was mich schweigen ließ. Ich schwieg, weil mir plötzlich aufging, dass sie fast nur solche Gespräche führten, immer schon – jetzt wusste ich, wie sehr *mir* solche Gespräche gefehlt hatten. Ich hatte getan, was ich tun musste, um Dannsair wiederzubekommen, aber meine beiden Freundinnen waren nun einander näher als mir. Das zu spüren gab meinem Herzen einen Stich.

Kapitel neun

Meine Mutter kam früh, es wurde gerade hell. Dann galoppierten wir lange. Es war wunderschön. Die Luft war weich und kühl.

Tally ritt am nächsten Tag nicht auf Dannsair. Aber nicht, weil mein Vater seine Meinung geändert hätte. Ich sprach gar nicht mit ihm darüber. Stattdessen schlich ich mich bei Sonnenaufgang hinaus, zäumte Dannsair auf und ließ sie sich müde galoppieren. Das ganze Dorf lag noch im Schlaf.

Ich hielt mich auf den Wegen unterhalb des Geheges und passte auf, dass ich immer außer Sichtweite der Häuser blieb, falls mein Vater früher aufstand als sonst und als Erstes vom Hügel herunter zum Gehege schaute, wie es seine Gewohnheit war.

Zu Hause schlief mein Vater gern lange. Doch an diesem Morgen tat er es nicht. Vielleicht hatte er Dannsairs Hufschläge gehört.

Gegen die tiefstehende Morgensonne sah ich

ihn erst, als ich Dannsair am Zügel zum Gehege führte. Sie glänzte noch vor Schweiß.

Er winkte mir von weitem und rief: »Lara! Larach!«

Ich wendete mich in seine Richtung und griff den Zügel fester. Mein Mund wurde trocken.

»Ja, Vater?«

Er funkelte mich an. »Was machst du da?«

»Dannsair soll nicht träge werden«, sagte ich leise, aber bestimmt.

»Du hast andere Arbeit«, sagte er. »Passendere Arbeit für ein Mädchen.«

Ich wusste natürlich, was er meinte. Für ihn war es nicht richtig, dass ich auf einem Pferd ritt, weil Pferde Jungen- und Männersache waren.

»Ich *mache* meine andere Arbeit«, sagte ich. »Gestern, als es geregnet hat, haben wir Mädchen sogar gesponnen, obwohl es uns niemand aufgetragen hatte«, setzte ich hinzu und schaute ihm dabei offen in die Augen. Doch er schaute nur böse zurück. »Mutter hat sich dafür bedankt, dass wir ihr die Arbeit abgenommen haben, obwohl wir genauso gut hätten faulenzen können.«

Danach waren wir beide lange still, und mir war gar nicht wohl dabei.

»Ich hab mich um Dannsair gekümmert, seit ich ihrer Mutter geholfen habe, sie auf die Welt zu bringen«, sagte ich schließlich und wunderte mich, wie selbstbewusst ich dabei klang.

»Erwartest du, dass ich mich dafür bedanke?«, fragte mein Vater mit einer Stimme und einem Blick, als stünde eine Wildfremde vor ihm.

Mir war immer noch unbehaglich, aber ich war zugleich ganz ruhig. Ich musste an die Äbtissin denken, daran, wie sie ihre Abtei in Ordnung hielt, ohne dauernd zu befehlen und allen zu sagen, was sie denken oder fühlen sollten. Mit meinem Vater konnte man nicht einmal reden, das wurde mir jetzt klarer als je zuvor. Ich presste die Lippen aufeinander und schwieg.

Es dauerte lange, bis er sich wenigstens räusperte. Und noch einmal lange, bis er grimmig in Richtung Dorf wies und knurrte: »Bleib in Sichtweite, wenn du sie reitest, und vor allem: Reite nicht zu nah zum Wald!«

Ich wusste, dass er sich um meine Sicherheit sorgte, deshalb sagte ich nicht, was mir auf der Zunge lag: dass Dannsair nämlich schnell genug war, um jedem anderen Reiter zu entkommen. Stattdessen sagte ich leise: »Danke!« Und fügte hinzu: »Ich werde gut mit ihr arbeiten.«

»Wenn du darüber nicht deine anderen Arbeiten vernachlässigst, erlaube ich es dir«, sagte er.

Ich nickte und versuchte, dankbar auszusehen

und nicht zornig und beleidigt, wie ich es wirklich war. Ich hatte meine Arbeiten noch nie vernachlässigt, nie. Und mich ärgerte, dass er in seiner Überzeugung, nur *er* habe zu entscheiden, wer auf Dannsair ritt, so unerschütterlich war. Ich weiß, das klingt albern. Natürlich hatte mein Vater das Recht, mir zu sagen, was ich zu tun und zu lassen hatte. So war das Gesetz in unserem Clan und in allen anderen. Alle Väter hatten dieses Recht, und mein Vater war dazu noch ein Häuptling.

Trotzdem hasste ich es, dass er über mich bestimmen wollte, anders kann ich es nicht sagen.

Ich hasste es, dass er das Recht zu entscheiden haben sollte und nicht ich. – Und ich wusste, dass ich bald würde gehen müssen, weil er sonst Dannsair zum Schlachtross würde machen wollen.

Zuerst würde ich zur Abtei gehen und meine Kleider und meine goldene Spange holen. Es würde mir schwerfallen, auch von dort wieder fortzugehen, das wusste ich. Warum war nur alles so schwierig? Ich wollte doch nur einen Platz, wo ich sicher war und auch andere nicht in Gefahr brachte.

Von dem Tag an machte ich es mir zur Gewohnheit, schon vor Sonnenaufgang aufzustehen, wenn am schwarzen Himmel noch die Sterne glitzerten. Ich schlich mich auf Zehenspitzen zur

Tür, schob leise den Riegel zurück und entfernte mich, immer noch auf Zehenspitzen, vom Haus.

Jeden Morgen atmete ich den scharfen Geruch der Eiche und des weichen Mooses auf ihrer Borke. Jeden Morgen bestieg ich Dannsair, saß dann eine Weile still auf ihrem Rücken, redete mit ihr und tätschelte ihr den Hals, bis es hell genug für unseren Ritt war. Dann erst zäumte ich sie auf und führte sie aus dem Gehege.

Während alle anderen im Dorf noch schliefen, galoppierten wir mit unsichtbaren Pferden um die Wette, oder mit den Wolken und dem Wind.

Bald nahmen wir immer dieselbe Strecke: am Waldrand entlang hügelabwärts, dann über freies Feld, an zwei riesigen Eichen vorbei und über einen kleinen Bach, bis es allmählich wieder hügelaufwärts in Richtung Gehege ging. Schon nach ein paar Tagen hatten Dannsairs Hufe einen sichtbaren Pfad getreten.

In der Umgebung unseres Dorfes gab es viele alte Pfade, und manche waren wohl uralt. Unsere Vorfahren hatten sie ausgetreten, ihre Pferde und Viehherden, viele, viele Generationen lang. Die ältesten waren wie breite Gräben mit einem flachen Boden, manchmal so tief, dass kleine Kinder bis zum Scheitel darin verschwanden.

Auch Dannsair und ich machten unseren Pfad

jeden Morgen ein Stückchen tiefer. Mir selbst fiel das gar nicht auf, bis Bebinn und Gerroc einmal darüber sprachen, wo Gerroc frisches Stroh für ihr Lager finden könnte. Gerroc war am Morgen mit Flohstichen aufgewacht.

»Zwischen Laras Pfad und dem Waldrand liegt noch welches«, sagte Bebinn und zeigte mit dem ausgestreckten Arm in Richtung der beiden riesigen Eichen. »Dort, links von den Bäumen.«

Gerroc nickte, dann redeten sie über andere Dinge. »Laras Pfad« – was Bebinn gesagt hatte, schien den beiden nicht komisch vorzukommen. Aber mir kam es komisch vor. Ich hatte noch nie gehört, dass ein Pfad nach einem Menschen benannt worden war. Sollte ich mir jetzt wichtig vorkommen? In jedem Fall kam ich mir *anders* vor. Anders als meine Freundinnen, und das von Tag zu Tag mehr.

Für eine Weile nahmen wir jetzt einen anderen Weg, aber der alte Pfad verschwand deshalb nicht. Wir konnten genauso gut zu ihm zurückkehren.

Ein paar Tage später kochte ich Fieberklee und mischte verdorbenes Gerstenmehl darunter. Dannsairs Fell wurde immer heller, und ich wollte es wieder dunkler färben. Ich rieb Dannsair die Farbe ins Fell und führte sie im Kreis, damit die Farbe einziehen und trocknen konnte. Wir waren nicht weit vom Haus, und irgendwann kam Trian heraus und setzte sich auf die Bank.

»Ich gehe morgen«, sagte er, als ich mich neben ihn setzte. Dannsair hatte ich einen Klaps gegeben, und sie hatte verstanden, dass sie für eine Weile allein im Kreis gehen sollte.

»Und wann kommst du wieder?«, fragte ich.

Er zuckte die Achseln. »Ich weiß nicht. Vater wird es mir schon sagen.«

»Mutter wird dich vermissen«, sagte ich, und er nickte seufzend.

»Ich weiß«, sagte er. »Ich werde sie genauso vermissen und alle anderen hier auch, es ist nur ...« Er sah mir in die Augen. »Der Clan, bei dem ich in der Lehre bin, ist größer als unserer, und wir arbeiten dort hart, trotzdem ...« Er zögerte einen Augenblick, dann fuhr er fort: »Der Häuptling dort liebt die Musik. Es kommen immer neue Sänger zu Besuch, *Barden* nennt man sie, und es sind Iren *und* Normannen. Dann bereiten die Mädchen Feste vor, und wir singen und tanzen. Der Häuptling dort ist nicht so ...« Er zögerte wieder, und ich konnte sehen, dass er nach dem richtigen Wort suchte.

»Zornig?«, sagte ich.

Er nickte. »Sie *hassen* die Normannen nicht, jedenfalls nicht alle und ohne Unterschied. Da war ein normannisches Mädchen zu Besuch, sie war mit ihrem Vater gekommen und ...«

Wieder machte er eine Pause, und ich fragte mich, ob er wohl je einen Satz oder einen Gedanken zu Ende brachte. Ich wollte ihn deswegen schon necken, als ich den ernsten Ausdruck auf seinem Gesicht bemerkte und begriff. Ein normannisches Mädchen also. Unser Vater würde ihm *nie* erlauben, ein normannisches Mädchen zu lieben.

Als Trian am nächsten Morgen aufbrach, umarmte er mich lange. Ich wünschte ihm Glück und schaute ihm nach, bis er und sein Pferd unterhalb des Geheges im Wald verschwanden. Meine Mutter, die neben mir gestanden hatte, ging schweigend ins Haus und schloss die Tür. Ich hörte sie schluchzen und ließ sie in Ruhe.

Ein paar Morgen später hörte ich Dannsair am Ende unseres Ausritts husten. Ich hatte sie noch nie husten gehört und erschrak. Sie schüttelte den Kopf, und ich dachte schon, sie hätte vielleicht eine Fliege verschluckt. Doch als ich sie zu den anderen Pferden ins Gehege führte, hustete sie wieder.

Ich war noch nicht wirklich besorgt, doch dann fiel mir das hustende Pferd eines der Normannen ein, die bei uns gewesen waren. Aber Dannsair war gesünder und kräftiger als alle anderen Pferde, die ich kannte, auch an diesem Morgen war sie kaum zu zügeln gewesen, wie immer – vielleicht war es doch nur der Staub, den wir selbst aufgewirbelt hatten, redete ich mir ein.

Den Rest des Tages arbeitete ich auf dem Feld, wo Bebinn, Gerroc und ich späte Gerste säten. Das Feld hatte eine eigenartige Form und war noch nie bepflanzt worden, aber wir hatten in dem Jahr viel Gerstensaat, und mein Vater wollte sie nicht verderben lassen. So hatte er das Stück Land pflügen lassen.

Das Pflügen hatten, wie bei uns üblich, die Männer übernommen. Zu zweit brachten wir nun die Saat aus, während die Dritte den schweren Balken über das Feld zog, der die Saat gut in die Erde drückte.

Wir wechselten uns ab, und ich war die Erste, die in dem Ledergeschirr ging, an dem der Balken befestigt war. Danach war Gerroc an der Reihe, die sich mit ihrem wenigen Gewicht heftig ins Geschirr stemmen musste. Es war der anstrengendste Teil unserer Arbeit.

Als Bebinn damit an der Reihe war, ging schon die Sonne unter; dann begann es auch noch zu regnen. Wir mussten am nächsten Morgen weitermachen, und wir taten es früh, gleich nach Sonnenaufgang. Ich hatte beschlossen, meinen Ausritt mit Dannsair zu verschieben.

Auf dem letzten Stück des Feldes war der Boden voller Steine. Die Männer hatten auch dort gepflügt, aber die Steine nicht aufgelesen. Auf manchen unserer Felder gab es so viele davon, dass man glauben konnte, sie wüchsen im Winter nach.

Wir begannen damit, dass wir einen nach dem anderen zum Rand des Feldes trugen. Manche waren so schwer, dass wir unter ihrem Gewicht schwankten. Später trugen wir sie noch ein Stück weiter den Hügel hinauf zu der Mauer, die dort seit Menschengedenken jedes Jahr ein bisschen höher und breiter wurde und unsere Felder vor den Herbst- und Winterwinden schützte.

Als wir schon ein paar Gänge hinter uns hatten, machte mir Bebinn einen Vorschlag: »Was meinst du, könnte nicht Dannsair die Steine hochschaffen? Wir laden sie ihr einfach auf den Schlitten, mit dem wir den Mist fahren.«

Ich dachte darüber nach. Der Weg zur Mauer war nicht steil, es würde nicht zu schwer sein für Dannsair, und die Steine würden auch nicht vom Schlitten rollen.

»Ich geh sie holen«, sagte ich.

Dann lief ich nach Hause, um Dannsairs Zaumzeug und den Bauchriemen für den Schlitten aus Kuhhaut zu holen. Als ich kurz darauf das Gehege betrat, sah ich sie schon näher kommen. Was hat sie für ein feingeschnittenes Gesicht!, dachte ich bei mir.

Da hörte ich sie husten. Sie reckte den Hals und schüttelte den Kopf, ihr Atem klang rau.

Erst überlegte ich, ob sich vielleicht Staub in ihrer Lunge festgesetzt hatte. Mir hämmerte das Herz in der Brust, und ich spürte, wie kalte Angst sich in meinen Körper schlich. Dann reckte auch das Pferd meines Vaters den Hals und hustete. Mir gefror fast das Blut in den Adern. Auch eine Stute hustete, leise zwar, aber ich konnte es deutlich hören. Dannsairs Atem hörte sich jetzt wie ein Raspeln an. Ich schlang ihr die Arme um den Hals, und sie lehnte sich gegen mich, wie sie es als Fohlen getan hatte, wenn sie müde war. Sie fühlte sich warm an.

Ich biss mir auf die Lippen und versuchte, nicht zu weinen.

Die Pferde waren krank.

Meine Dannsair war krank, ihre Augen waren fiebrig und stumpf. Ich zitterte am ganzen Körper, als ich den Hügel hinaufrannte, um Hilfe zu holen.

Kapitel zehn

Ich fühle mich müde, als wäre ich zu lange galoppiert, und ich habe Schmerzen. Was ist das für ein Feind, der mich ohne Zähne und Klauen angreift? Ich kann nicht richtig atmen.

Ich rannte wie um mein Leben.

Ich rannte nach Hause und nahm meine Mutter bei den Händen. Sie sollte mir sagen, welche Kräuter gegen die Krankheit halfen, ich flehte sie an, mir zu helfen.

»Der Pferdehusten kommt schnell«, sagte sie ruhig, »und manchmal müssen ein paar Pferde sterben, aber die meisten sterben nicht, wenn sie früh genug die richtige Arznei bekommen.«

»Und du kennst die richtige Arznei?«, wollte ich wissen.

Sie nickte. »Ich hab's schon zweimal erlebt, das letzte Mal, als Fallon noch ganz klein war. Da warst du noch nicht auf der Welt. – Und jetzt komm! Je schneller der Pferdehusten behandelt wird, desto eher werden die Pferde überleben.«

Meine Mutter hatte sich, während sie sprach, den Umhang umgelegt; jetzt befestigte sie ihn mit der Spange und ging zu ihren Kräuterkörben. Sie standen an der Wand aufgereiht, die am weitesten von der Feuerstelle entfernt war.

»Es ist dieselbe Arznei, die auch die Kühe bekommen, wenn sie husten«, erklärte sie. »Man fängt mit Stiefmütterchen-Sud an. Leg Holz auf die Glut und hol den schweren Kessel!«

Ich pustete die dicke Schicht weiße Asche von den Kohlen und warf ein Bündelchen Stroh auf die Glut. Als die Flamme aufloderte, legte ich erst Reisig und dann Holzscheite nach, und obwohl mir vor Aufregung und Kummer immer noch die Hände zitterten, knisterte bald ein Feuer.

Meine Mutter half mir den Kessel übers Feuer zu hängen, und wir füllten ihn mit frischem Wasser, das Mutter, wie jeden Morgen, vom Fluss geholt hatte.

»Weißt du, wo Bebinns Vater ist?«, fragte mich meine Mutter. »Er versteht am meisten von Pferden.«

»Nein«, sagte ich.

»Wahrscheinlich ist er mit deinem Vater auf Wildschweinjagd«, vermutete sie. »Ich glaube, heute sind alle mitgegangen.« Sie seufzte ganz leise, aber ich hörte es trotzdem.

Ich nickte und reichte ihr den Korb mit den getrockneten Stiefmütterchen, als sie darauf zeigte. Sie sah älter aus als vor einem Jahr, viel älter, das sah ich jetzt ganz deutlich. Hatte sie wirklich die Sorge um *mich* so viel Kraft gekostet? Ich hoffte, dass es nicht so war. Ich hoffte es sehr. Ich liebte meine Mutter.

»Sind die Männer zu Fuß gegangen?«, fragte sie.

Ich nickte. »Ich glaube, ja. Ich hab die Pferde nicht gezählt, aber es sieht so aus, als wären die meisten im Gehege, Vaters großer Brauner auch. Vielleicht haben sie zwei oder drei dabei, um die Beute nach Hause zu transportieren.«

»Nun ja«, sagte sie. »Wenn die Pferde, die sie dabeihaben, auch husten, werden sie wissen, was zu tun ist, und schnell zurückkommen. Wenn nicht, kann es allerdings zwei, drei Tage dauern, bis wir sie wiedersehen.« Bei den letzten Worten huschte ein kleines Lächeln über ihr Gesicht. »Zum Glück ist der größte Teil des Viehs nicht hier«, fuhr sie fort.

»Da hast du recht«, sagte ich, beinahe froh, über etwas sprechen zu können, was mich für einen Augenblick von der Angst um Dannsair ablenkte.

Meine Mutter lächelte wieder, dünn und schmallippig. »Vielleicht bleibt wenigstens das Vieh verschont. Wir können es nur hoffen. Später zünden wir der heiligen Brigit Kerzen an und bitten sie, unsere Tiere zu beschützen.«

Ich nickte stumm. Auch die jungen Pferde und die Zuchtstuten waren auf den hohen Wiesen, das war gut.

»Lauf zu Tally. Er soll zu mir kommen«, sagte meine Mutter plötzlich und schob mich mit beiden Händen aus der Tür. »Ich brauche einen Jungen, der gut zuhören und sich etwas merken kann. Aber sprich mit niemandem sonst darüber. Ich brauche noch ein bisschen Zeit zum Nachdenken.«

Ich rannte wieder so schnell mich meine Beine trugen.

Tally brach gerade Flachs für seine Mutter, aber er folgte mir, ohne zu zögern. Meine Mutter erwartete uns vor dem Haus, und wir blieben dort stehen.

Ich hörte, wie meine Mutter ihm die Zubereitung der Hustenarznei erklärte. Sie ließ es ihn dreimal wiederholen, um sicherzugehen, dass er alles richtig verstanden hatte. Ich passte ebenfalls gut auf. Es war eine ganze Menge, das man sich merken musste, viel mehr als nur den Stiefmütterchen-Sud.

Dann schickte sie Tally zu den hohen Wiesen – zu Fuß.

»Sag den Mädchen dort, dass sie gut aufpassen sollen, ob die Tiere husten, und wenn sie es tun, sollen sie die Arznei zubereiten und den Tieren geben, auch denen, die noch nicht krank sind. Sie sollen aufpassen, dass die Kühe fressen. Manche von ihnen verhungern, weil sie nicht mehr fressen wollen.«

Tally nickte.

»Wenn die Tiere krank werden, müssen die Mädchen die Milch der letzten fünf Tage wegschütten. Die Milch ist erst wieder gut, wenn zehn Tage lang kein Tier mehr gehustet hat«, sagte meine Mutter ernst. »Sag ihnen, sie dürfen kein Stück Fleisch, keinen Tropfen Milch und kein Bröckchen Käse von einem kranken Tier essen und trinken. Es ist das Gift der Krankheit darin, und Menschen können daran sterben.«

Ich hielt den Atem an. Ich hatte mir solche Sorgen um Dannsair gemacht, dass ich an nichts anderes hatte denken können. Aber was würden wir tun, wenn wir kein Fleisch und keinen Käse für den Winter hatten? Was würde dann aus den Menschen unseres Clans …

»Lara!«, hörte ich die Stimme meiner Mutter, die jetzt fest und entschlossen klang. »Ich brauche deine Hilfe.«

Ich sah zu ihr hin und begriff erst jetzt, dass

Tally schon gegangen war. Ich schaute aus der Tür und sah ihn schon fast beim Haus seiner Mutter.

»Hör auf, dir selbst Angst zu machen«, sagte meine Mutter. »Angst hilft nicht und hindert dich nur zu tun, was zu tun ist. Je früher du das lernst, desto besser.«

»Ja«, sagte ich ein bisschen verlegen. Ich hatte sie von ihrer Arbeit abgehalten: Statt um die Arznei hatte sie sich erst um mich kümmern müssen. Jetzt folgte ich ihr ins Haus. Sie bereitete die Arznei zu, und ich half ihr dabei. Erst mussten die getrockneten Stiefmütterchen zwischen den Handflächen zerrieben werden. Dann erst kamen sie ins Wasser, das nicht kochen, sondern nur sanft simmern durfte, sonst war die Arznei verdorben. Wir füllten den ersten Eimer mit dampfendem Sud und stellten ihn zum Abkühlen ins Freie.

»So, jetzt müssen die Kräuter gesucht werden, die wir später brauchen, und wenn die nächste Arznei fertig ist, sind viele Eimer zum Gehege und zurück zu tragen«, sagte meine Mutter und stemmte die Fäuste in die Seiten. »Geh und sag allen, dass wir Hilfe brauchen. Und sie sollen Eimer mitbringen!«

»Und du bist sicher, dass die Arznei auch wirkt?«, fragte ich und bereute es noch im selben Augenblick.

»Nichts ist sicher im Leben«, sagte sie und tätschelte mir die Wange. »Geh jetzt bitte!«

Als ich loslaufen wollte, sah ich Bebinn und Gerroc den Hügel herauf auf unser Haus zukommen. Sie hatten sich gefragt, warum ich so lange brauchte, wo ich doch nur Dannsair hatte einspannen wollen. Ich erklärte es ihnen, und wir teilten uns, um möglichst schnell allen anderen Bescheid zu sagen. Ich fand Magnus, und er wusste, wo er die Jungen suchen musste, die im Wald die Schweine hüteten. Artt wiederum wollte zu den Schafhirten laufen.

Ich selbst ging weiter zur alten Tante Orlaith. Sie tätschelte mir mit zitternden Händen die Wangen. »Ich bin zu alt, um Kräuter zu suchen oder schwere Eimer zu schleppen«, sagte sie. »Aber sag deiner Mutter, dass ich Kerzen anzünden und zur heiligen Brigit beten werde.«

Der ganze Clan fand sich nach und nach bei meiner Mutter ein, und sie erklärte jedem, was er zu tun hatte. Ich selbst würde mich gleich mit dem ersten Eimer Arznei auf den Weg zum Gehege machen. Doch zuvor hörte ich noch, wie meine Mutter die Kräuter beschrieb, die sie brauchte. Eine Gruppe Männer und Frauen schickte sie in den Wald, weil sie mehr Stiefmütterchen brauchte, dazu eine bestimmte Sorte Flechten, die den Darm der Pferde reinigte. Andere sollten zum Fluss, um Kresse und Weidenrinde zu besorgen.

Ich sah Magnus mit zum Wald laufen; trotz seines schaukelnden Gangs war er fast so schnell wie die anderen. Er musste sich anstrengen, aber so war es immer gewesen – er musste für alles härter arbeiten als alle anderen. Er schien zu spüren, dass ich ihm nachschaute, und drehte sich nach mir um. Er winkte mir mit ernster Miene. Magnus wusste, wie sehr ich Dannsair liebte, und ich erinnerte mich daran, was Bebinn von ihm und seinem Kätzchen erzählt hatte. Er begriff wahrscheinlich am besten, wie groß meine Angst war.

Mein Herz war kalt vor Angst, als ich das Gehege betrat. Dannsair sah auf und wieherte, dann hustete sie rau und heiser. Es hörte sich schrecklich an, aber ich versuchte, ruhig zu bleiben, so wie meine Mutter ruhig geblieben war, um meine Angst nicht noch zu vergrößern.

Dannsair trank gierig. Dass das Wasser nach Stiefmütterchen schmeckte, schien sie nicht zu stören. Als sie den Kopf hob, war der Eimer halb leer.

Mit dem, was noch übrig war, ging ich zu dem großen Braunen meines Vaters. Er trank das meiste davon. Den kleinen Rest schließlich gab ich der Stute von Bebinns Vater. Dann ging ich zurück zu

Dannsair und blieb eine kurze Weile bei ihr stehen.

»Du wirst wieder gesund«, versprach ich ihr.

Dannsair stand dicht bei mir, den Kopf so tief gesenkt, dass ich ihren Atem an den Fußgelenken spürte. Sie hustete wieder, lange und hart. Ich umarmte sie und wischte mir die Tränen aus den Augen. Dann nahm ich den leeren Eimer und ging.

Inzwischen standen mehrere Eimer Arznei vor unserem Haus. Ich trug den nächsten hinunter zum Gehege, und diesmal flocht ich jedem Pferd, das genug von dem Sud bekommen hatte, einen kleinen Zopf in die Mähne. Als ich zurücklief, kamen mir andere mit Eimern entgegen, und ich sagte ihnen, sie sollten es genauso machen, damit nicht manche Pferde zweimal Arznei bekamen und andere gar keine. Ich sah den zufriedenen Ausdruck im Gesicht meiner Mutter, als sie es hörte. Ich wusste nicht, wie viele Kessel sie inzwischen gebraut hatte. Wir waren viele, die Arznei zum Gehege brachten, und bald waren alle Pferde versorgt.

Wir ruhten uns schwer atmend aus, während nach und nach die Kräutersammler zurückkamen. Schließlich klatschte meine Mutter in die Hände und sagte: »Lasst uns weitermachen und die Arznei für morgen vorbereiten! Wenn wir uns beeilen, werden wir damit bis zum Abend fertig und können sie morgen verfüttern.«

Niemand widersprach ihr oder beklagte sich gar.

Wir machten uns an die Arbeit. Die anderen Kräuter mussten zerrieben, die trockenen Flechten zu Pulver zerstampft werden. Die Weidenrinde kam zuerst in den Kessel, wenn das Wasser noch kochte, und wurde herausgefischt, bevor die zerriebenen Blumen und Kräuter ins simmernde Wasser gegeben wurden. Nach einer Weile wurde der Kessel vom Feuer genommen, und erst wenn der Sud kühl genug war, dass man, ohne sich zu verbrennen, den Finger hineinstecken konnte, kam das Flechtenpulver dazu. Als es Abend wurde, war der Kessel wieder und wieder gefüllt und wieder geleert worden, und vor dem Haus stand eine lange Reihe Eimer mit Arznei.

Nach getaner Arbeit standen wir alle schweigend beieinander und schauten zum Gehege wie Schafe, die an einem heißen Tag sehnsüchtig den Blick in Richtung Fluss wandten. Ich wusste, dass kein Pferd so laut husten konnte, dass man es über die Wälle des Geheges hätte hören können. Trotzdem musste ich mich zwingen, nicht darauf zu lauschen.

»Gibt es sonst nichts, was ich für Dannsair tun

kann?«, fragte ich meine Mutter, als die anderen nach Hause gegangen waren.

Sie schüttelte den Kopf. »Jetzt nicht. Später, wenn die Sonne untergegangen ist, kannst du ihr eine Decke bringen. Feuchtigkeit und Kälte helfen bei keiner Krankheit, die ich kenne.«

»Ich hab solche Angst um sie«, flüsterte ich. »Ich fühle mich so schwach.«

Da legte sie mir den Arm um die Schultern.

»Morgen machen wir zusätzlich Lauchbrühe für Dannsair und das Pferd deines Vaters«, sagte sie. »Für alle hab ich leider nicht genug Lauch. Aber vielleicht gibt es im ein oder anderen Haus noch getrockneten Lauch. Ich hab ihnen schon gesagt, dass sie nachschauen sollen. Lauchbrühe könnte helfen.«

Sie strich mir über den Kopf, küsste mich auf die Wange und ging langsam, mit hängenden Schultern zu ihrem Schlafplatz.

Ich wartete noch eine Weile, dann nahm ich eine dicke wollene Decke und ging zum Gehege. Wie meine Mutter mir geraten hatte, legte ich sie Dannsair über den Rücken; damit sie nicht herunterrutschte, band ich sie mit dünnen Lederriemen fest. Zu normalen Zeiten hätte ich mir Sorgen gemacht, dass Dannsair die Decke nicht mochte und sich beim Versuch, sie abzustreifen, verhedderte, wenn sie sie nicht gar zerriss. Aber sie war wirklich krank. Sie rührte sich kaum und würde sich auch in der Nacht nicht viel bewegen.

Zurück im Haus, nahm ich eine zweite Decke und sagte meiner Mutter, dass ich neben Dannsair im Gehege schlafen würde. So hatte ich es auf dem Heimweg beschlossen. Ich ahnte mehr als ich sah, dass sie die Augenbrauen hob. Aber sie sagte nichts. Sie wusste, dass sie es mir nicht würde ausreden können.

»Ich hab so lange jede Nacht bei ihr geschlafen«, sagte ich. »Von der Nacht ihrer Geburt bis zu dem Tag, als der Baron sie mir weggenommen hat. Sie war so klein und hat immer gezittert ...«

Plötzlich kamen mir die Tränen. Es ging so schnell, dass ich mich nicht dagegen wehren konnte.

»Du fühlst, was jede Mutter fühlen würde«, sagte meine Mutter.

»Es tut weh«, sagte ich.

»Manchmal tut es das.«

»Es tut mir leid«, sagte ich leise. »Es tut mir leid, dass ich dir so viel Kummer mache.«

Da kam sie und schob mir die Haare aus dem Gesicht. Sie war dafür extra noch mal aufgestanden.

»Wenn es regnet, komm wieder ins Haus«, sagte

sie. »Bring Dannsair mit, wenn es sein muss, aber schlaf nicht draußen, wenn es nass und kalt ist.«

Ich umarmte sie und ging wieder hinaus in die Nacht. Dannsair war froh, mich zu sehen. Sie legte sich hin, und ich zog ihr die Decke über den Widerrist. Dann wickelte ich mich in meine eigene Decke und legte mich neben sie. Ich schmiegte mich an sie und legte ihr den Arm um den Hals.

Kapitel elf

Alle Pferde husten jetzt. Es tut mir weh, und es macht mir Angst, dass das Atmen mir solche Schmerzen macht. Meine Mutter ist oft bei mir. Das beruhigt mich, und ich bin ihr dankbar dafür.

Es ist schwer zu beschreiben, wie sehr mir die Sorge um Dannsair auf der Seele lag. Am nächsten Morgen trugen wir die Eimer mit der neuen Arznei zu den Pferden; auch Dannsair trank bereitwillig und fraß sogar etwas Gras, als ich es ihr anbot.

Sie war immer noch unruhig und hielt den Kopf tief gesenkt, und wenn sie hustete, klang es wie ein heiseres Bellen. Nur dass sie fraß, machte mir Mut.

Als Dannsair sich zum Ausruhen niederlegte und friedlich in der Morgensonne döste, ging ich mit Bebinn und Gerroc melken. Wir horchten aufmerksam, ob eines der Tiere hustete, aber sie taten es nicht. Wir konnten die Milch mit nach

Hause nehmen, und meine Mutter und ich trennten die Molke von der Milch und tranken sie. Später am Tag würden wir noch Käse machen. Meine Mutter sah mich lächelnd an. »Es ist nicht gesagt, dass die Kühe auch krank werden. Aber wenn, haben wir wenigstens Käse, der wird uns für eine Weile reichen. – Du bist ein gutes Mädchen, Lara.«

Ich schaute erst eine Weile auf meine nackten Füße. Sie lobte mich so selten, aber wenn sie es tat, hüpfte mir vor Freude das Herz.

»Kochen wir dann die Lauchbrühe für Dannsair?«, fragte ich.

Sie nickte. »Für Dannsair und für das Pferd deines Vaters.«

Wir machten uns an die Arbeit. Ich schnitt den Lauch in Stücke. Die Stangen waren trocken und wie geschrumpft, aber keine war innen braun. Meine Mutter achtete darauf, dass der Korb, in dem sie aufbewahrt wurden, immer genau in der richtigen Entfernung von der Feuerstelle stand.

Als später der Braune meines Vaters von der Brühe kostete, hob er die Oberlippe und schüttelte den Kopf. Wir konnten ihn nicht überreden, davon zu trinken. Dannsair bekam dafür die doppelte Portion. Es kam mir so vor, als wären ihre Augen schon etwas klarer und als klänge ihr

Husten weniger heiser. Trotzdem schlief ich in der Nacht wieder bei ihr und auch die nächsten beiden Nächte. Aber immer erwachte ich früh genug, um Bebinn und Gerroc beim Melken zu helfen.

Am dritten Morgen war es kalt, als wir zu den Kühen gingen, und das aus der Ferne herüberklingende Plätschern des Flusses ließ mich frösteln.

»Es scheint so, als wären die Kühe verschont geblieben«, sagte Gerroc, während sie in die Kohle blies, die sie in einem eisernen Becken mit in den Kuhstall gebracht hatte. Als die Kohlen aufglühten, zündete sie ein Bündel Stroh daran an.

»Wann werden wohl endlich unsere Väter kommen?«, fragte sie, während sie mit dem brennenden Stroh zwei Kerzen auf dem Regal anzündete.

Bebinn zuckte die Achseln. »Wenn sie auf Wildschweinjagd sind, weiß man das nie.«

Danach melkten wir schweigend. Wir waren alle drei müde. Das Eimerschleppen war harte Arbeit, und gleich nach dem Melken würden wir noch einmal Kräuter holen müssen.

»Und wenn die Kühe …«, sagte ich, als wir später die Milcheimer im Fluss auswuschen, »… wenn sie doch noch krank werden? Was dann?«

»Ich weiß, was deine Mutter sagt«, antwortete Bebinn. »Meine Mutter sagt das auch. Es haben schon Leute Fleisch von kranken Tieren gegessen oder Milch getrunken, und sie sind alle selbst krank geworden. Wenn die Kühe krank werden, müssen wir uns nach anderem Essen umschauen.«

Gerroc und ich sagten nichts dazu. Wir hätten sonst sagen müssen, dass es um die Zeit wenig anderes zu essen gab. Die Gerste war gesät und wuchs, der Hafer stand schon hoch, aber wir waren noch fast den ganzen Sommer von der Ernte entfernt.

»Meine Mutter und ich machen jeden Tag Käse«, sagte ich.

Dann schwiegen wir wieder. Es mag merkwürdig klingen, aber wir drei, die wir sonst so viel zu reden hatten, wussten nicht, was wir noch hätten sagen sollen. Wir waren müde, und wir hatten Angst.

Am nächsten Tag schien es Dannsair wieder ein wenig besser zu gehen. Ich brachte ihr erst die Arznei und dann die Lauchbrühe, wie an den Tagen zuvor, einmal morgens und einmal abends. Am sechsten Tag war es, als ich es wagte, sie aus dem Gehege und langsam unseren Pfad entlangzuführen. Sie war noch schwach und mochte nur hin und wieder ein paar Grashalme rupfen, aber sie hustete weniger und nicht mehr so hart.

»Du wirst wieder gesund«, sagte ich, und sie berührte sanft mit dem Maul meinen Hals. Ich rieb ihr dankbar die Stirn.

Als ich wieder einen Morgen später nach dem Melken zu ihr kam, erschrak ich, als ich sie mit tief gesenktem Kopf stehen sah. Dann erst begriff ich, dass sie graste. Auch der Braune meines Vaters sah schon besser aus und hob den Kopf, als er mich kommen hörte.

Dann entdeckte ich den alten kastanienbraunen Wallach, der Gerrocs Vater gehörte. Er lag mit gestrecktem Hals auf der Erde, das Maul seitlich im Gras. Noch am Tag davor hatte es ausgesehen, als hätte er sich erholt. Alle Pferde schienen sich erholt zu haben. Jetzt aber sah der Wallach gar nicht gut aus. Das Erste, was ich dachte, als ich ihn so liegen sah, war, dass kein Pferd sich so unbequem zum Schlafen hinlegen würde. Als ich näher kam, wurde mir klar, dass er tot war.

Ich biss mir auf die Unterlippe. Der Wallach war alt gewesen, zwanzig Jahre bestimmt; ich hatte ihn schon gekannt, als ich noch ganz klein war. Er war ein stilles Pferd gewesen, eins, das niemals Ärger machte. Seit wir hier waren, hatte er sich gern in Dannsairs Nähe aufgehalten.

Mit Tränen in den Augen rannte ich nach Hause und holte meine Mutter. Zusammen sagten wir den anderen im Dorf Bescheid.

Es war ein schrecklicher Tag. Jeder hatte den alten Wallach gemocht und seine eigenen guten Erinnerungen an ihn. Magnus hatte auf ihm reiten gelernt wie viele andere Jungen des Clans, und alle wussten sie noch, wie sie von ihm heruntergefallen waren und er seelenruhig gewartet hatte, bis sie sich den Staub aus den Kleidern geklopft hatten und wieder aufstiegen.

Wir spannten einen Ochsen ins Zuggeschirr, um den Wallach aus dem Gehege zu schaffen. Wir brachten ihn über den alten Pfad, den wir den Viehweg nannten, in den Wald, um ihn zu vergraben. Als die Erde über ihm plattgetreten war, hob meine Mutter die Hand und sagte: »Wir werden das gute alte Tier vermissen. Er hat immer hart gearbeitet, aber wir müssen jetzt dasselbe tun. Magnus, bring den Ochsen auf die Weide zurück, aber halte ihn von den anderen Tieren fern. Bring ihn in das kleine umzäunte Stück gleich beim Gehege. Ihr anderen geht noch einmal Kräuter sammeln, wir brauchen noch mehr Arznei.«

Für einen Augenblick erhob sich Gemurmel, und Magnus und Artt hatten sogar einen kleinen Streit, ob nicht Artt den Ochsen hinbringen sollte, doch dann machten sich alle an die Arbeit, jeder an seinem Platz. Man konnte die Trauer über den Tod des Wallachs in der Stille hören.

Meine Mutter und ich machten vier Feuer in der Nähe unseres Hauses; so würden wir mehr Sud auf einmal brauen können. Bebinns und Gerrocs Mütter und Tante Orlaith liehen uns ihre Eisenkessel. Je zwei von den Jungen trugen sie zu uns herüber, und ich sah, dass sie sie unterwegs immer wieder absetzen mussten. Die Kessel waren schwer.

Meine Arme schmerzten, während ich den Sud umrührte, und ich fragte mich, ob es meiner Mutter wohl auch so ging. Wenn es so war, wusste sie es gut zu verbergen. Sie arbeitete schnell und machte nicht einmal eine Pause.

Die Jungen mussten sich um die Feuer kümmern und dafür sorgen, dass sie gleichmäßig brannten. Ihnen merkte man an, dass sie müde waren, und sie wechselten sich bei der Arbeit ab.

Magnus war an der Reihe, als wir am nächsten Tag vom Wald her Stimmen hörten. »Sie kommen!«, rief Magnus mir zu.

Ich lief zu ihm, und wir sahen eine Gruppe Männer mit zwei Pferden aus dem Wald kommen.

»Sie haben Fremde dabei«, sagte Magnus. »Wer das wohl ist?«

Kapitel zwölf

Einer von uns ist nicht mehr da, der Liebe, der oft in meiner Nähe gegrast hat. Uns anderen geht es besser. Das Gras schmeckt fast wieder süß, und das Kranke in mir verschwindet nach und nach.

Mein Vater ging der Gruppe voraus. Dann folgten Bebinns und Gerrocs Väter, die zwei schwer beladene Pferde führten. Soweit ich aus der Ferne sehen konnte, hatten sie einen Hirsch und ein Wildschwein erlegt.

Doch dann hielt ich den Atem an. War das nicht der mächtige Häuptling McDonagh, der mit meinem Vater und den anderen Männern kam? Konnte das sein? Ich hob die Hand über die Augen, und plötzlich sah ich, wer hinter dem Häuptling ging. Das war die Erklärung: Hinter dem Häuptling gingen Hand in Hand Cormacs älterer Bruder und meine Tante Fallon. Sie liebte ihren Brian immer noch, das konnte man selbst aus der Entfernung sehen.

Aber war mein Vater wirklich damit einverstanden, dass seine Schwester den Sohn eines Feindes zum Mann nahm? Es sah so aus, denn sie redeten alle fröhlich miteinander. Mein Vater an der Spitze schritt daher wie ein Hahn bei Sonnenaufgang.

Ich stand wie vom Blitz getroffen und überlegte, was das alles *für mich* bedeutete. Häuptling McDonagh, Cormacs und Brians Vater, war derjenige gewesen, der mir Dannsair weggenommen und im Tausch dem Baron von Athenry überlassen hatte. Und er wusste von dem Rennen dort – ich hatte ihn unter den Zuschauern gesehen, genau wie seine Söhne und seinen Stallmeister Conall. Sie waren beim Rennen gewesen, also wussten sie auch, dass die Siegerstute seitdem verschwunden war.

Jetzt erkannte ich auch Cormac unter den Ankömmlingen. Mir wurden die Knie weich, und ich konnte kaum einen vernünftigen Gedanken fassen. Sollte ich fliehen? Aber wie? Dannsair war längst noch nicht wieder bei Kräften, und sie brauchte immer noch ihre Arznei.

Ich hörte meinen Vater lachen und sah, dass er mit dem Häuptling sprach. Cormacs Vater trug prachtvolle normannische Kleider, seine Hose und sein Hemd leuchteten in klarem Sonnengelb. Was musste er wohl von dem alten Gewand meines Vaters halten, das von einem noch älteren Ledergürtel um die Taille zusammengehalten wurde? Und wie würde er unseren ganzen armseligen Clan finden? Und unsere winzigen Häuser? Wenigstens waren sie sauber.

Mein Vater lächelte, und wie selten tat er das! Machte er sich überhaupt keine Gedanken, was mit Dannsair geschehen würde, wenn der Häuptling und die anderen sie erkannten? Hatte er ihnen gar meine Geschichte erzählt? So viele Gefahren hatte ich auf dem Weg hierher bestanden, und jetzt konnte alles umsonst gewesen sein. Cormacs Vater konnte darauf bestehen, dass ich Dannsair dem Baron zurückgab, das war sein Recht. Oder er tat es, weil er sich davon einen Vorteil erhoffte, ein Geschenk von dem reichen Baron oder eine Gefälligkeit.

Als Cormac mich entdeckte, winkte er mir zum Gruß. Ich hob auch die Hand und spürte, wie mein Herz schneller zu schlagen begann. Nun denn, man würde sehen. Und wenigstens schien die Verbindung zwischen Brian und Fallon eine uralte Feindschaft beendet zu haben. Vielleicht konnten jetzt auch Cormac und ich *richtige* Freunde werden.

»Lara!«, rief mein Vater. »Geh deine Mutter holen!«

»Sie ist schon hier«, rief meine Mutter von so

nah, dass ich erschrak. Ich hatte sie gar nicht kommen hören. Sie setzte den Eimer ab, den sie zum Gehege hatte bringen wollen, und auch ein paar andere aus unserem Clan, die dorthin unterwegs waren, hielten inne. Meine Mutter stemmte die Hände in die Hüften.

»Muss er mir ausgerechnet heute Gäste mitbringen!«, hörte ich sie so leise seufzen, dass es wohl nur Magnus und ich hören konnten. Doch dann sah ich ihre Augen größer werden. Sie hatte Fallon erkannt.

Ich flüsterte ihr zu, wer die Fremden waren, und sie hob die Augenbrauen. Mein Vater schien wieder ins Gespräch mit dem Häuptling vertieft.

»Glaubst du, er hat ihnen von Dannsair erzählt?«, fragte ich ängstlich.

Meine Mutter zuckte die Achseln.

»Vielleicht«, sagte sie. »Aber wenn er es getan hat, gab es einen guten Grund dafür.«

Sie legte den Kopf in den Nacken und formte mit den Händen einen Trichter vor dem Mund.

»Wir hatten den Pferdehusten hier«, rief sie. »Den meisten Pferden geht es wieder besser, aber es sind noch nicht alle gesund.«

Die Ankömmlinge waren bald so nahe, dass mein Vater nicht mehr schreien musste, als er antwortete: »Wegen der Krankheit bringe ich die

Gäste.« Und zu dem Häuptling gewandt, fuhr er fort: »Wie ich Euch sagte, meine Frau kann heilen.« Dann sah er wieder zu meiner Mutter. »Sie kommen dich um Rat bitten. Ihre Pferde sind krank, und Fallon hat ihnen erzählt, dass du Arzneien weißt.«

Ich wurde ein bisschen ruhiger. So ergab alles einen Sinn.

Sie kamen zu Fuß, weil ihre Pferde schon zu schwach waren. Und Fallon war mitgekommen, damit mein Vater sie nicht angriff, bevor sie überhaupt erklären konnten, was sie in unserer Gegend wollten.

Von überallher kamen jetzt die Leute unseres Clans, aus dem Wald, vom Fluss und vom Gehege. Sie hatten Stimmen gehört, und spätestens Mutters Rufen hatte sie neugierig gemacht. Auch Bebinn und Gerroc kamen mit ihren Müttern. Sie sahen alle müde aus, aber die Neugier stand ihnen mindestens genauso ins Gesicht geschrieben. Sie tuschelten miteinander, während sie die fremden Männer musterten. Aber vor allem staunten sie über Fallon – niemand hatte sie je so lächeln gesehen. Ihr Glück machte sie schön.

Dann war es beinahe so wie immer, wenn mein Vater nach Hause kam. Er hob meine Mutter hoch und wirbelte sie im Kreis, und als sie wieder auf den Füßen stand, wandte er sich an die anderen. Er zeigte auf Fallon und begann:

»Wir heißen Fallon willkommen zu Hause bei ihrem Clan!«

Es gab einen Jubel, aber nur kurz. Sie waren alle viel zu neugierig und wollten mehr erfahren als das, was offensichtlich war.

»Und wir heißen den Häuptling des Clans der McDonaghs mit seinen Söhnen Brian und Cormac willkommen!«, fuhr mein Vater fort. »Dank Brian und Fallon werden unser Clan und ihrer zukünftig verbunden sein. Die beiden«, dabei zeigte er auf sie, »werden bald den Bund der Ehe schließen.«

Es verschlug allen die Sprache. Fallon – das war das ewig schlecht gelaunte Mädchen gewesen, das sich ungern wusch und mit ihrer harschen Art aber auch allen im Dorf auf die Nerven gefallen war. Sie konnten nicht wissen, wie sehr sie sich nach der Begegnung mit Brian verwandelt hatte. Es war ja nur ich dabei gewesen. Und ich hatte niemandem davon erzählt, schon um meinen Vater nicht auf die Idee zu bringen, er könne einen Krieg führen, um sie zu befreien. Nie hätte ich gedacht, dass alles so gut ausgehen könnte. Ich war erleichtert und froh.

»Brians Vater, Dáire McDonagh«, erhob mein

Vater wieder seine mächtige Stimme, »ist der gemeinsame Häuptling vieler Clans zwischen Galway und Connaught, und die Clans sind wohlbekannt für ihre vorzügliche Pferdezucht. Sein zweiter Sohn ist, wie ich schon sagte, Cormac.«

Mein Vater wartete, bis alle Blicke Cormac zugewandt waren, dann fuhr er fort: »Sie hatten auch meine Tochter Lara aufgenommen und haben sie mit Respekt und Güte behandelt. Sie haben ihr die Ehre erwiesen, die einer Häuptlingstochter gebührt.«

Ich starrte ihn entgeistert an. Hielten Männer so Frieden? Indem sie die Hälfte der Wahrheit unterschlugen? Sie hatten uns dort zu essen gegeben und mal mit mehr, mal mit weniger Respekt behandelt – aber sie hatten uns auch gefangen genommen, weil sie Dannsair haben wollten. Sie hatten uns gefangen gehalten, und schließlich hatten sie mir Dannsair weggenommen und dem Baron von Athenry gegeben.

Der Häuptling nickte höflich zu den Worten meines Vaters. Nur für einen kurzen Augenblick schaute er dann zu mir, und mich schauderte. Er wusste, dass irgendjemand die Siegerstute aus Athenry entführt hatte. Auch Cormac schaute mich jetzt an, und ich antwortete mit einem Lächeln, das außer ihm niemand bemerken konnte.

Dann spürte ich die Hand meiner Mutter auf der Schulter und drehte mich zu ihr um. Sie hielt den Mund leicht geöffnet und die Augen auf meinen Vater gerichtet. In ihrem Gesichtsausdruck mischten sich Erschöpfung und verhaltener Zorn.

Ich wusste, was sie dachte. Sie brauchte all ihre Kraft und ihr ganzes Herz für die Arbeit, die sie begonnen hatte, als er fort war. Den Pferden ging es schon besser, der Ochse, der den Wallach zu seinem Grab gezogen hatte, zeigte keine Anzeichen der Krankheit, und auch das restliche Vieh war verschont geblieben. Meine Mutter hätte sich bald ausruhen können, und jetzt lud ihr Mann ihr neue Arbeit und Sorge auf. Er hätte sie wenigstens vorher fragen können.

»So endet nach langer Zeit die Feindschaft zwischen uns«, hörte ich meinen Vater sagen. »Wir werden nicht mehr gegeneinander kämpfen, sondern sehen mit Freuden dem Eheschluss entgegen, der allen Streit für immer begraben wird.«

Erst jubelte nur einer, aber die anderen verstanden schnell, dass es das war, was von ihnen erwartet wurde, und stimmten ein. Dann trat Brians und Cormacs Vater vor, und erneut erhob sich Jubel. Ich denke, der Häuptling merkte gar nicht, dass er für unsere Verhältnisse matt und kraftlos klang. Aber wir alle merkten es. Dabei wünschte niemand Fallon irgendetwas Schlechtes, ganz gewiss nicht. Aber sie war eben niemandem je eine liebe Freundin oder Gefährtin gewesen. Vor allem aber waren wir alle erschöpft.

Ich warf noch einen verstohlenen Blick auf Cormac und sah, wie er sich neugierig umschaute. Wahrscheinlich wunderte er sich, wie ein Clan so arm sein konnte.

Da hörte ich plötzlich die Stimme meiner Mutter. »Nun, da alles gesagt ist, frage ich: Wer von Euch ist es, der das Heilen lernen will?«, sagte sie müde, aber bestimmt. »Es gibt viel zu tun, und er kann mir gleich dabei helfen.«

Ich sah einen Ausdruck der Verärgerung über das Gesicht meines Vaters huschen.

»Wenn es um die Arbeit geht, hat meine Frau es immer eilig«, erklärte er dem Häuptling, und die meisten Männer in der Runde lachten.

Ich fand es überhaupt nicht lustig. Wenn meine Mutter nicht gewesen wäre, hätte er bei seiner Rückkehr ein Gehege voller sterbender Pferde vorgefunden. Ich hätte vielleicht Dannsair verloren – und vor allem hätte er nicht großtun und sich wichtig machen können. Meine Mutter war die Heldin, die sogar ein Mittel gegen den tödlichen Pferdehusten wusste, nicht er.

»Ich werde es lernen«, riss Fallon mich aus meinen zornigen Gedanken.

Wahrscheinlich lag es daran, dass sie wieder ihre Stimme hörten, jedenfalls kam nun einer nach dem anderen aus unserem Clan und wollte sie in die Arme nehmen, sie beglückwünschen und zu Hause willkommen heißen. Danach aber ging jeder wieder an seine Arbeit.

Meine Mutter führte Fallon zu den Kesseln, und der Häuptling folgte ihnen. Wahrscheinlich wollte er selbst sehen, was dort vor sich ging.

Brian und Cormac fragten, ob sie helfen könnten, und natürlich war ihre Hilfe willkommen. Bis zum Abend halfen sie uns Eimer zu den Tieren tragen, aber immer blieben sie in meiner Nähe. Bald wechselten Bebinn und Gerroc vielsagende Blicke. Es war wohl auch für andere offensichtlich, dass Cormac etwas für mich übrighatte. Am Abend fand er sogar einen Weg, sich neben mich ans Feuer zu setzen.

Wir saßen noch nicht lange, als Tally kam und gute Nachrichten brachte: Erst fünf der jungen Pferde hatten gehustet, als er auf den hohen Wiesen angekommen war. Sie hatten gleich den Sud gekocht und die Pferde vom Vieh abgesondert, so war ihnen keine der Kühe krank geworden. Sie hatten hart gearbeitet, aber auch großes Glück gehabt. Wir jubelten, als Tally zu Ende erzählt hatte. Es war eine große Erleichterung; wir würden nicht hungern müssen. Und wir beschlossen, ein Fest zu feiern. Es gab Wildschwein, das wir über den Feuern im Freien rösteten.

Die Sterne leuchteten, und das Wetter war mild. Ich saß neben Cormac und fragte ihn nach seinem Hengst, Dannsairs Halbbruder, der fast dieselbe Mondfarbe hatte wie beider Vater. Cormacs Miene hellte sich auf und war doch zugleich voller Sorge.

»Ich hab ihm den Namen Linaid gegeben. Er ist klug und hat viel Temperament«, sagte er, »eine echte Herausforderung für seinen Reiter.«

Ich lächelte. Linaid war ein guter Name. Er bedeutete so viel wie »das eingelöste Versprechen«.

»Als wir aufbrachen, ging es ihm noch gut«, fuhr Cormac fort. »Ich hab Conall gebeten, gut auf ihn aufzupassen, aber ...«

Ich nickte, um ihm zu zeigen, dass er den Satz nicht zu Ende sprechen brauchte. Wie sehr er sich sorgte, war nicht zu übersehen.

»Die Arznei meiner Mutter hilft«, sagte ich. »Wir haben hier nur ein Pferd verloren, aber das war schon sehr alt. Und du hast gehört, was Tally erzählt hat. Die Arznei wirkt Wunder, man muss sie nur früh genug geben.«

Cormac nickte. »Ich mag deine Mutter«, sagte er leise.

Ich nickte auch. »Sie ist einer der stärksten Menschen, die ich kenne«, sagte ich und fragte mich im selben Augenblick, ob er das womöglich missverstehen könnte. »Ich meine, sie kann kein ausgewachsenes Schaf den Hügel hinauftragen«, fügte ich hinzu. »Sie ist *innerlich* stark.«

Ich schwieg und merkte, dass ich rot wurde.

»Ich weiß, wie du es meinst«, sagte Cormac. »Meine Mutter ist genauso. Sie arbeitet von morgens früh bis abends spät und beklagt sich nie.« Er machte eine kurze Pause, dann räusperte er sich und fuhr fort: »Ich werde für die Hochzeit zurückkommen. Dann sehen wir uns wieder.«

»Das hoffe ich«, antwortete ich und spürte, wie meine Wangen dabei glühten.

»Ich bin froh, dass unsere Clans nicht mehr gegeneinander kämpfen«, sagte er.

»Ja«, sagte ich und wandte den Kopf vom flackernden Schein des Feuers ab, damit er meine Wangen nicht sah.

Erst als mein Gesicht sich etwas abgekühlt hatte, drehte ich mich wieder zu ihm um. Inzwischen erzählte er begeistert von Linaid, der gelernt hatte, Türen aufzumachen, und sich Extraportionen Hafer stahl.

»Dannsair ist auf genau dieselbe Weise klug«, sagte ich und war schon im selben Augenblick wütend auf mich. Wie konnte ich sie auch nur erwähnen! Und ich hatte »ist« gesagt, nicht »war«.

»Man hat sie dem Baron gestohlen«, sagte Cormac, »gleich nach dem Rennen. Hast du davon gehört?«

Ich machte eine vage Kopfbewegung und wandte mich wieder ab. »Ich wünsche ihr nur, dass sie bei jemandem ist, der sich gut um sie kümmert.«

»Ich glaube, da kannst du dir sicher sein.« Er sah mich von der Seite an und senkte die Stimme zu einem verschwörerischen Flüstern. »Ich hab dich von Athenry fortreiten sehen. Was hast du ihr ins Fell gerieben, dass sie so braun geworden ist? Ist sie noch bei dir? Weiß dein Vater Bescheid?«

»Bitte, Cormac, verrat uns nicht!«, flehte ich ihn an.

»Aber nein«, flüsterte er. »Und entschuldige, wenn ich dich erschreckt habe. Erzähl mir nur, was du mir erzählen kannst. Ich hab ganze Nächte wachgelegen und über deinen Mut nachgedacht. Wenn ich dir helfen kann, sag's mir bitte!«

Ich wandte ihm mein Gesicht zu und lächelte vor Dankbarkeit. Da streckte er die Hand nach meiner aus. Er berührte sie kurz, dann saßen wir wieder wie zuvor, die Augen geradeaus aufs Feuer gerichtet. Ich wollte ihm von den Nonnen erzählen und meinem Plan, vielleicht irgendwann bei ihnen zu leben, aber nur, wenn ich sie dabei nicht in Gefahr brachte. Sie waren so gut zu mir gewesen.

»Cormac!«

Gerade, als ich zu erzählen beginnen wollte, wurde er gerufen. Es war sein Vater, der ihn rief.

»Komm schlafen, wir müssen vor Sonnenaufgang los!«

Cormac stand auf, doch dann beugte er sich zu mir herunter, und ich spürte, wie seine Lippen meine Stirn berührten.

»Ich meine es ernst«, flüsterte er. »Dass ich dir helfen will, meine ich.«

»Cormac!«, rief sein Vater noch einmal, und er ging.

In der Nacht schlief ich noch einmal bei Dannsair. Ich war so müde, dass ich nicht aufwachte, als der Häuptling mit seinen Söhnen und meiner Tante aufbrach. Sie gingen zu Fuß, weil unsere Pferde noch zu schwach gewesen wären, um sie zu tragen. Meine Mutter wusste, wo ich war, aber sie weckte mich nicht. Wahrscheinlich dachte sie, dass ich den Schlaf brauchte.

Ich hörte auch die Hufschläge nicht, die später,

als gerade die Sonne über dem Wald aufging, vom Hügel herüberkamen. Ich erwachte erst vom Knarren des großen Tors im äußeren Gatter.

Bis ich mich aufgerappelt und mir den Schlaf aus den Augen gerieben hatte, stand schon lebensgroß der Stallmeister des Barons vor mir. Hinter ihm stand mein Vater und sah so zornig aus, wie nur er aussehen konnte.

»Da«, sagte der Stallmeister und zeigte mit dem Finger auf mich. »Da hätten wir unseren Pferdedieb und die gestohlene Stute gleich daneben. Was hast du mit ihrem Fell angestellt?«

Kapitel dreizehn

Meine Mutter hatte solche Angst, dass ich auch ganz unruhig wurde. Ich kannte den Mann, der morgens ins Gehege kam. Er war nie böse zu mir gewesen, aber ich hatte ihn trotzdem nicht gemocht. Ich stand dicht neben meiner Mutter, als er sich uns näherte.

Der Stallmeister band mir die Handgelenke zusammen und hob mich auf ein fremdes Pferd. Eine Schar normannische Reiter stand im Kreis um uns. Einer von ihnen führte Dannsair, ein anderer den großen Braunen, auf dem mein Vater saß, auch er mit gefesselten Händen. Er schäumte vor Wut, das sah ich deutlich, aber das half uns nicht. So brachen wir auf nach Athenry.

Ich selbst war unglücklich und doch ein winziges bisschen froh. Froh, dass Cormac schon fort war, als der Stallmeister mit den normannischen Kriegern kam. Es wäre sonst bestimmt zum Kampf gekommen, denn Clans, die einander in Freundschaft verbunden waren, traten auch im Streit füreinander ein. Niemals hätte ich gewollt, dass Cormac etwas geschah!

Wir kamen nur langsam voran, und man nahm mir nicht einmal zum Schlafen die Fesseln ab. Ich fiel nur hin und wieder in einen kurzen Schlummer und war danach noch erschöpfter als zuvor. Bei Tag ritten wir ohne Unterlass, und nur wenn ich Dannsair wiehern hörte, wandte ich mich nach ihr um. Dann sah ich auch meinen Vater in seinem fürchterlichen Zorn.

Später hörte ich, wie alles geschehen war. Die Normannen waren wie aus dem Nichts aufgetaucht, und allen war klar gewesen, dass Kämpfen ganz und gar sinnlos gewesen wäre. Meine Mutter hatte geweint, als mein Vater die Hände ausstreckte, damit einer der Krieger sie ihm fesseln konnte. Der ganze Clan hatte ohnmächtig zusehen müssen, und mein Vater hatte laut und für alle vernehmlich gerufen, dass er unschuldig sei und nichts Falsches getan habe, das werde sich bald herausstellen.

Und nun wurden wir beide als Gefangene nach Athenry gebracht. Dass mein Vater noch stolz auf mich war, dass ich die Normannen überlistet hatte, konnte ich mir nicht denken. Bestimmt war er nur noch wütend, dass ich ihn in diese Lage gebracht hatte.

O ja, mir ging es schlecht! Es war genau das geschehen, wovor ich immer Angst gehabt hatte. Ich hatte meinen eigenen Clan in Gefahr gebracht. Wäre ich doch nur früher gegangen! Ich wusste doch insgeheim, dass sie irgendwann wiederkommen würden.

Athenry lag noch im Morgennebel, als wir die Stadt erreichten. Alles sah so friedlich aus und wunderschön. Die hohe Burg schien zu schweben, und in ihren Fenstern flackerte Licht.

Wie merkwürdig, an den Ort zurückzukehren, von dem ich dachte, ich würde ihn nie wiedersehen! Als wir durch das Nordtor ritten, schaute ich zurück zu Dannsair und sah, dass sie den Kopf in den Nacken warf und tänzelte, als wäre sie froh, zurück zu sein. Wahrscheinlich war sie es auch, jedenfalls leuchteten ihre Augen, als wir uns durch das Gewirr der Gassen den Stallungen näherten. Ich selbst zitterte beinahe vor Angst. Für den Baron war ich eine Pferdediebin, und ich hatte keine Vorstellung, wie sie Pferdediebe bestraften. Ich selbst wusste, dass ich keine Diebin war, aber davon würde ich *sie* nicht überzeugen können.

Mein Vater wurde zur Burg gebracht. Ich sah, wie er sich streckte und erhobenen Hauptes durch das große Burgtor ritt. Ich hoffte, dass sie ihm die Fesseln abnahmen, bevor sie ihn vor den Baron führten; dass sie ihm die Häuptlingsehre erwiesen.

Dannsair und mich brachten sie zu den Ställen. Dort hob mich der Stallmeister vom Pferd und ließ mich dabei beinahe fallen.

»Was dachtest du, wie die Geschichte enden würde?«, herrschte er mich an. »Ein irischer Nichtsnutz macht sich auf einem Pferd von edlem Blut, dem Pferd des Barons von Athenry, davon, und wir erwischen ihn nicht irgendwann?«

»Ich hab's getan, weil Ihr mir Euer Wort gegeben hattet«, sagte ich.

Er lachte. »Sagst *du*. Ich aber sage, dass ich dir *nichts* gegeben habe, gar nichts, und wem wird man da wohl glauben?«

Mir lief es kalt über den Rücken; er hatte nur zu recht. Er lachte wieder und gab mir einen Schubs.

»Geh schon! Oder glaubst du, jemand wird dich tragen?« Er öffnete das Stalltor und fuhr fort: »Ich lasse dich für die Nacht bei der Stute, festgebunden natürlich, damit ihr nicht auf dumme Gedanken kommt. Morgen früh geht die Sache vor Gericht. Wenn ihr Glück habt, muss dein Vater nur eine Buße zahlen. Und hinterher wird er dir das Stehlen abgewöhnen, darauf wette ich!«

Er lachte zum dritten Mal sein hässliches Lachen und schickte den Mann weg, der Dannsair geführt hatte. Dann sah er mich durchdringend an.

»Versuch erst gar nicht irgendwelche Spielchen«, sagte er. »Wenn du Ärger machst, wirst du es bitter bereuen, das verspreche ich. – Jetzt komm!«

Ich nickte. Wenn ich nur erst einmal bei Dannsair bleiben durfte. An Flucht war sowieso nicht zu denken – nicht solange sie meinen Vater als Geisel hatten. Genauso würde er denken, da war ich mir sicher.

Im nächsten Augenblick geschahen zwei Dinge gleichzeitig. Ich begriff, warum sie meinen Vater und mich getrennt hatten, nämlich genau deshalb: damit wir nicht zusammen fliehen konnten – das war das eine. Das andere war, dass ich ein Pferd husten hörte. Ich schaute in die Boxen links und rechts, weil ich mir nicht sicher war, von wo das Husten kam. Da sah ich, dass alle Pferde die Köpfe hängen ließen. Jetzt ließ ein zweites das schrecklich vertraute Rasseln und Bellen hören.

Der Stallmeister stand wie vom Donner gerührt und mit weit aufgerissenen Augen.

»Sir?«, rief hinter uns eine Jungenstimme.

Ich drehte mich um und sah einen Stalljungen auf uns zurennen.

»Der Baron sagt, ich soll Euch sagen, dass … gleich wenn Ihr zurück seid, soll ich Euch sagen, dass sie krank sind, alle, die Pferde … sie sind alle krank, vier sind allein gestern und heute gestorben, fünfzehn insgesamt.«

Der Junge war vollkommen außer Atem.

Die Pferde des Barons hatten also auch die gefährliche Krankheit. Ob sie auch Dannsair noch mal … Nein, sie hatte den Husten gehabt, und Pferde, die ihn einmal gehabt hatten, bekamen ihn nicht wieder, hatte mir meine Mutter erklärt. Dannsair war vor der Krankheit sicher. Ich musste mich nicht sorgen.

Kurz darauf kam der Baron selbst in den Stall. Ich hörte genau zu, was er dem Stallmeister berichtete.

Vor vier Tagen hatte es begonnen. Erst hatte ein Pferd gehustet, dann ein zweites und am Ende alle. Der Baron war verzweifelt, und der Stallmeister wusste auch keinen Rat. Einmal erst habe er die Krankheit erlebt, erzählte er, als er noch ein kleiner Junge war; damals seien die meisten Tiere daran gestorben. Jahre später habe er von einer Arznei gehört, die irische Frauen zuzubereiten wüssten, aber vielleicht sei das auch nur Gerede, jedenfalls habe ihm niemand Genaueres darüber sagen können.

Ich hörte es und traute meinen Ohren nicht. Dann wurde mir klar, dass es wieder Hoffnung für mich und meinen Vater gab. Die beiden Männer schwiegen, und ich sagte in die Stille:

»Ich kann Eure Pferde heilen, Sir.«

Meine Stimme zitterte, und die beiden schauten mich an wie einen Geist.

»Sei still!«, fuhr mich der Stallmeister an und wandte sich dann wieder an seinen Herrn. »Sie lügt, wenn sie den Mund aufmacht.«

Dann griff er hart in Dannsairs Zügel und zog sie in eine leere Box. Dannsair bäumte sich erschrocken auf.

»Ich kann sie wirklich heilen«, sagte ich. »Fragt meinen Vater, was mit unseren Pferden war!«

»Und was wird er mir dann sagen?«, fragte der Baron.

»Dass meine Mutter eine Arznei gegen den Pferdehusten weiß«, sagte ich. »Sie kennt sie von ihrer Mutter und die von ihrer und immer so weiter. Ich kenne sie jetzt auch. Wir haben sie allen unseren Pferden gegeben, und nur eins haben wir verloren, einen Wallach, aber der war schon alt und schwach.«

Der Baron zögerte, doch dann ging er zum Tor und rief zwei seiner Männer. Sie sollten meinen Vater befragen, und wenn er bezeugte, was ich sagte, sollten sie ihn bringen. Sie fänden ihn beim zweithöchsten Richter, der ihn gerade einverneh- me. Der höchste Richter war der Baron selbst, das wusste ich.

Der Stallmeister schob mich jetzt zu Dannsair in die Box und benutzte ihren Zügel, um meine gefesselten Hände am Türpfosten festzubinden. Dann gingen er und der Baron davon.

Im Stall war jetzt nur noch das Husten der Pferde zu hören. Es klang, als wären sie schon fast verloren. Alle, die ich von meinem Platz aus sehen konnte, hatten stumpfe Augen und sahen tod- müde aus. Genau gegenüber, auf der anderen Seite des Mittelgangs, erkannte ich die braune Stute, die mir wegen ihres Temperaments so gut gefallen hatte. Jetzt hielt sie den Kopf gesenkt wie eine alte Mähre.

Dannsair schien zu spüren, wie sehr ich mich sorgte, und drückte sich an mich. Ihr warmes Fell hatte etwas Tröstliches. Ich schloss die Augen und muss wohl kurz im Stehen eingeschlafen sein.

»Lara!«

Es war die Stimme meines Vaters, die mich weckte. Er stand vor der Tür unserer Box, und der Baron und der Stallmeister standen hinter ihm.

»Bindet sie los!«, sagte der Baron, und der Stall- meister tat, was ihm befohlen wurde.

Ich rieb mir die schmerzenden Handgelenke, und die drei Männer sahen mir dabei zu.

»Wenn du sie alle gesund machst und ihnen keins verloren geht, gehört die Stute uns«, sagte mein Vater und sah mir dabei fest in die Augen.

»Der zweite Richter kommt zu dem Schluss, dass es verzeihliche Verstöße gegen Recht und Sitte gibt«, erklärte der Baron mit einem Seitenblick auf meinen Vater.

Der nickte, und ich meinte fast, ein Lächeln auf seinen Lippen zu erkennen. »Ich habe ihm der Wahrheit gemäß erzählt, dass mir die Mutter der Stute gehörte, seit ich sie herrenlos und verletzt auf dem Schlachtfeld fand. Dass sie verendet wäre, wenn wir sie nicht gesundgepflegt ...«

Der Baron hob die Hand, um meinen Vater zum Schweigen zu bringen.

»Es ist gut«, sagte er. »Wenn Eure Tochter meine Pferde rettet und meinem Stallmeister zeigt, wie man die helfende Arznei zubereitet, dann sollt Ihr die Stute haben und fünfzig Silberpfennige noch dazu. Die Pferde allein in diesem Stall sind das Fünfzigfache wert. – Wird sie das schaffen?«

Mein Vater nickte und reckte dann das Kinn. »Und Ihr gebt Euer Wort als Ehrenmann und als Baron von Athenry, dass Ihr Euch an das Abkommen haltet?«

Da nickte auch der Baron.

»Ihr habt mein Wort. Sie rettet die Pferde, und Ihr sollt die Stute haben. Aber *alle* Pferde, es darf nicht eines mehr sterben.«

Ich biss mir auf die Lippe. »Und wenn ich es *nicht* schaffe?«, fragte ich.

»Dann seid ihr beide frei zu gehen, wohin ihr wollt, aber die Stute bleibt.«

Ich konnte nicht einmal nicken, so sehr schossen mir die ängstlichen Gedanken durch den Kopf. Dann erinnerte ich mich daran, was meine Mutter mir über die Angst und das Leben gesagt hatte. Dass die Angst einen nur daran hindert, etwas zu tun. Was hätte meine Mutter jetzt *getan*, fragte ich mich, und im selben Augenblick wusste ich es. Ich schaute mich im Stall um.

Ach, es war schrecklich, die armen Tiere zu hören und zu sehen! Die Luft im Stall war stickig, wie sie es auch früher an warmen Tagen gewesen war; doch jetzt kam noch der faule Geruch von Krankheit dazu.

Ich reckte mich und atmete tief durch. Wir durften keine Zeit verlieren.

»Ich brauche zwanzig Jungen, die Kräuter sammeln und später die Eimer mit Arznei zu den Tieren tragen«, sagte ich. »Sie sollen Leinensäcke mitbringen, je größer, desto besser. Und ich brauche zehn weitere, die mir bei den Feuern und mit den schweren Kesseln helfen. Besorgt zehn Kessel, die sollten reichen.«

Der Baron nickte dem Stallmeister zu. »Ihr habt gehört, was sie gesagt hat. Holt die dreißig Jungen, wenn es sein muss, von der Straße. Versprecht ihnen gutes Essen, aber sie sollen sich beeilen!«

Der Stallmeister ging schnellen Schrittes hinaus, und der Baron rief nach Männern, die im Stall bleiben und ein Auge auf uns haben sollten. So erklärte ich es mir jedenfalls. Dann ging auch er.

Mein Vater folgte mir, als ich von Box zu Box ging und nach den Tieren schaute. Wenig später kamen meine alten Freunde Fothud und Guaire, die ausmisten wollten und nicht schlecht staunten, als sie mich sahen. Und noch mehr staunten sie, dass ich ein Mädchen war und nicht der Junge, den sie zu kennen glaubten. Als ich mit tieferer Stimme sprach und nach Jungenart meine Schultern breiter machte, lachten sie und konnten sich kaum beruhigen. Dann bat ich sie ernst um ihre Hilfe.

Ich fand ein Stück aufgerollte dünne Schnur und trug ihnen auf, ein Stück davon an die Boxentür der Pferde zu binden, die zuerst krank geworden waren, auch im Nachbarstall. Das waren die schlimmsten Fälle. Die beiden machten sich an die Arbeit.

»So erinnerst du mich an deine Mutter«, sagte mein Vater.

»Das ist gut«, sagte ich.

Bevor er darauf antworten konnte, wurde das Tor am oberen Ende des Gangs geöffnet, und der Stallmeister brachte die Jungen. Einige von ihnen mussten ungefähr so alt wie Magnus sein, andere schon so alt wie Trian.

Ich hatte oft gesehen, wie meine Mutter jeden Einzelnen in einer Gruppe von Menschen dazu brachte, gerade seine Arbeit als besonders wichtig anzusehen, bis jeder für sich und alle zusammen ihr Bestes gaben. Ich überlegte, was sie jetzt an meiner Stelle getan hätte.

»Hört bitte gut zu«, sagte ich und klatschte über dem Kopf in die Hände. Ich wartete, bis die Jungen still waren, dann fuhr ich fort: »Es gibt viel zu tun, und ihr werdet schnell arbeiten müssen, sehr schnell, denn wenn wir auch nur noch ein Pferd an die Krankheit verlieren, verlieren wir auch unsere Belohnung.«

»Belohnung?«, rief einer der älteren Jungen.

Mein Vater sah mich fragend an, aber ich nickte nur und sagte: »Silberpfennige. Jeder von euch soll einen Silberpfennig bekommen, aber nur wenn alle Pferde überleben.«

Von dem Augenblick an waren wir alle eins. Ich schickte einen der Jungen zur alten Brigit. Er sollte sie fragen, ob sie kommen und mir helfen konnte – sie kam schneller, als ich den anderen Jungen erklären konnte, was sie tun sollten. Wir umarmten uns und weinten vor Freude, uns wiederzusehen. Natürlich begriff sie schnell, was zu tun war, und als ich mit den Kräutersammlern in den Wald aufbrach, wusste ich, dass ich bei unserer Rückkehr schon die Kessel mit kochendem Wasser über den Feuern vorfinden würde.

Und genauso war es. Sogar Holz für die nächsten Tage war schon neben den Feuern bei den Ställen aufgeschichtet. An eigens dafür gemachten hölzernen Stangen hoben die stärksten Jungen die schweren Kessel vom Feuer, damit der Sud nicht mehr kochte, wenn die empfindlicheren Zutaten zugesetzt wurden. Bis zum Einbruch der Dämmerung hatten alle Pferde ihre Arznei gehabt, und die am schlimmsten erkrankten zweimal.

Keines der Pferde starb in der Nacht. Am Morgen ließ ich die Tore an beiden Enden der Mittelgänge öffnen, damit frische Luft in die Ställe wehte. Auch den Tieren, um die ich mir die meisten

Sorgen machte, ging es schon ein wenig besser, und wir ließen die Tore für den Rest des Tages offen.

So ging es lange Tage voller Arbeit weiter. Ein großer, schwerer Hengst wäre uns dennoch beinahe gestorben. Kein anderes Pferd kam dem Tod so nahe. Er lag vom ersten Tag an in seiner Box auf der gestampften Erde, und ich deckte ihn mit einer Decke zu, die er immer wieder abschütteln wollte. Ich hob ihm den Kopf und schob ihm den Eimer unters Maul, und zum Glück wurde er nicht zu schwach zum Trinken.

Am sechsten Tag stellte er sich endlich wieder auf seine schrecklich abgemagerten Beine und begann zaghaft, von dem frischen Gras zu fressen, das ich ihm mitgebracht hatte. Erst als lauter Jubel ausbrach, merkte ich, dass draußen vor der Box die Jungen standen und uns beobachteten. Ich schickte einen von ihnen um ein weiteres Büschel Gras.

Wir brauchten genau neun Tage, an denen ich kaum schlief. Aber auch die Jungen schliefen wenig, und die alte Brigit ging erst spät am Abend nach Hause, um am Morgen als Erste wieder im Stall zu sein. Sogar mein Vater half – auf seine Art. Entweder war er zwischen den Ställen und der Burg unterwegs, um dem Baron vom Stand der

Dinge zu berichten, oder er begleitete die Kräutersammler in den Wald und passte auf, dass sie nicht zwischendurch Pausen einlegten oder gar irgendwelchen Schabernack trieben.

Am zehnten Tag schließlich kam der Baron selbst, um nach seinen Pferden zu sehen. Alles war gut, alle fraßen. Mein Vater wich nicht von seiner Seite. Und der Baron hielt sein Versprechen: Er ließ Dannsair holen und überreichte sie feierlich meinem Vater. Auch den Beutel mit den Silberpfennigen hatte er mitgebracht.

Ich verteilte die Münzen an die Jungen, und wir feierten und tanzten einen ganzen Abend lang. Es war zugleich unser Abschiedsfest; morgen würden wir nach Hause aufbrechen.

In der Nacht vor unserer Abreise schlief ich *in* der Burg, im selben Zimmer wie mein Vater. Es war eine gute Gelegenheit, eine letzte Sache zu klären. Der Baron hatte Dannsair *ihm* überreicht, aber wenn es gerecht zuging in der Welt, dann musste er sie *mir* überlassen. Ich beschloss, ihn gleich jetzt darum zu bitten. Ich fand, es war genau der richtige Zeitpunkt dafür.

Mein Vater war stolz auf mich, und er genoss es, in der Burg zu sein, mit dem Baron und den anderen wichtigen Männern dort. Die Normannen weiter im Osten oder Norden würde er wohl sein

Leben lang bekämpfen, aber hier in Athenry war er zufrieden, dass man ihn respektierte. – Ich räusperte mich, dann fragte ich ihn.

Er tätschelte mir den Kopf, bevor er antwortete: »Sie gehört dir, Larach. Du hast sie dir verdient.«

Ich wollte so gern glauben, dass er das auch meinte, aber ich ahnte, dass da noch etwas war. Er meinte es nicht *wirklich*.

Am Morgen brachen wir zeitig auf.

Kapitel vierzehn

Heute Morgen kam mich meine Mutter holen! Ich habe mich so gefreut, sie zu sehen. Wir galoppierten, und es war herrlich.

Zu Hause angekommen, begann ich wieder, jeden Morgen mit Dannsair auszureiten, wie ich es vor ihrer Krankheit getan hatte. Als der Tag näher rückte, an dem Fallon und Brian die Ehe schließen sollten, war sie wieder so kräftig und schnell wie zuvor. Dann sah ich eines Morgens meinen Vater im Gehege ganz in Dannsairs Nähe. Er betrachtete sie aufmerksam, und ich wusste, was er dabei dachte.

Von da an machte ich mir meine Lage nüchtern und schonungslos klar. Dann sagte ich meiner Mutter, dass ich bald für eine Weile fortgehen würde. Es müsse sein, aber ich käme wieder. Ihre Augen wurden dunkel und unergründlich, aber sie nickte, ohne etwas zu sagen.

Fallons und Brians Hochzeit fand in der alten festlichen Weise statt, mit Tanz und Musik. Cormac und ich entfernten uns unauffällig von der fröhlichen Gesellschaft und schlenderten vom Dorf hinunter zum Gehege. Wir redeten miteinander, und ich erzählte ihm, was ich vorhatte – dass ich bald von zu Hause fortgehen wollte.

»Nur du und meine Mutter wissen davon«, schloss ich. »Ihr seid die Einzigen, denen ich das Geheimnis anvertraue.«

»Dann will ich dir auch mein Geheimnis verraten«, sagte er zu meiner Überraschung. »Ich werde nach Burg Athenry in die Lehre gehen, gleich von hier aus, wenn das Fest zu Ende ist.«

Es dauerte eine kurze Weile, bis ich verstand. »Wirklich bei den Normannen?«, fragte ich.

Er nickte. »Mein Vater meint, es wird uns helfen, wenn wir mehr über ihre Sitten erfahren, auch über ihre Waffen und alles. Er sagt, der Baron will umgekehrt, dass seine Söhne mehr über uns, die Iren, lernen.«

Ich öffnete das Tor im äußeren Gatter und rief Dannsairs Namen. Als wir das innere Gatter erreichten, kam sie uns schon entgegen.

Cormac schaute mit großen Augen zu, wie sie mich begrüßte und liebkoste. Als sie sich beruhigt hatte, rieb sie ihren Kopf an meiner Schulter, und ich roch ihren süßen, nach Gras duftenden Atem.

»Cormac!«

Es war sein Vater, der nach ihm rief.

Cormac seufzte. »Er sieht es nicht gern, wenn ich in deiner Nähe bin«, sagte er. »Er möchte, dass ich mir ein normannisches Mädchen suche.« Cormac zögerte einen Augenblick, dann hob er die Hand und berührte sanft meine Wange. »Ich werde kein normannisches Mädchen heiraten«, sagte er, »das ist sicher.«

Ich spürte das Blut, das mir in die Wangen schoss. »Nichts ist sicher im Leben«, sagte ich mit genau denselben Worten, die meine Mutter benutzt hatte.

Er sah mich an. »Ich werde dir immer helfen, wenn ich kann, Lara«, sagte er. »Darauf kannst du fest vertrauen. Das *ist* sicher.«

»Genauso sicher wie dass *du mir* vertrauen kannst«, antwortete ich.

Kaum zwei Wochen später bat mein Vater Tally wieder, Dannsair zu reiten.

»Ich möchte, dass sie sich daran gewöhnt, das Gewicht eines Mannes zu tragen«, sagte er zu mir und drehte sich um, bevor ich etwas erwidern konnte. Ein paar Tage darauf ritt er mit den Männern fort, wie er es jedes Jahr um die Zeit tat, wenn der Mais ungefähr hüfthoch stand. Meiner

Mutter versprach er, dass sie zur Ernte zurück wären.

Als *ich* fortging, war eben Vollmond vorüber. Es war der Abend vor einer lauen Sommernacht. Ich verabschiedete mich von meiner Mutter und erklärte ihr, warum ich ging.

Sie sprach leise und ruhig, als sie mir antwortete. »Ich werde dein Geheimnis gut bewahren, Lara«, sagte sie. »Aber wenn du kannst, komm mich hin und wieder besuchen.«

»Ich werde nicht weit weg sein«, versprach ich ihr. »Ich komme, sooft ich kann. Sag Bebinn und Gerroc und den anderen, die ich liebe, dass ich sie grüße.«

Dann umarmten wir uns und weinten beide.

Der Ritt zur Abtei kam mir kürzer vor, als ich ihn in Erinnerung hatte. Ich kannte allerdings auch den Weg. Unterwegs malte ich mir aus, dass vielleicht auch meine Mutter eines Tages bei den Nonnen leben könnte, irgendwann, wenn mein Vater doch nicht von seinen Schlachten wiederkam. Auch an die alte Brigit musste ich dabei denken. Ich wusste, dass die Nonnen meine Mutter und die alte Brigit mögen würden. In vielerlei Hinsicht waren die beiden Frauen einander ähnlich. Sie waren klug und geschickt und liebten die Eintracht und den Frieden.

Die Sonne war gerade aufgegangen, als die Äbtissin mich mit einem Lächeln und einer Umarmung begrüßte. Zum ersten Mal erzählte ich ihr nun meine ganze Geschichte, von Dannsairs Geburt bis zum Versprechen meines Vaters.

»Und jetzt will er sie doch zum Schlachtross ausbilden lassen«, schloss ich. »Darum bin ich gegangen. Ich hab niemandem erzählt, wohin, nur meiner Mutter hab ich versprochen, dass ich sie besuchen komme, wenn ich kann.«

Sie nickte. »Hier bist du in Sicherheit. Kein Ire würde eine Abtei überfallen, und auch kein Normanne. Dein Vater mag wütend sein über deine Flucht, aber solange du bei uns bist, kann er nicht viel tun. Übrigens bist du nicht die Einzige unter uns mit weltlichen Problemen.«

Ich dankte ihr und ging zu den anderen. Agnes tanzte vor Freude, als sie mich sah. Es war so wunderbar.

Ich passte in die Abtei wie ein Fisch in seinen Teich. Ich half im Haus und auf den Feldern, aber die meiste Zeit verbrachte ich mit den Pferden.

Hier hatten die Pferde noch keinen Husten. Trotzdem sammelte ich Stiefmütterchen und die anderen Zutaten, die ich für die Arznei brauchte, und verwahrte alles in meiner kleinen Kammer. Ich erklärte auch Agnes und den anderen, die mit den Pferden zu tun hatten, wie man die Arznei zubereitete, damit sie es im Notfall auch ohne mich konnten.

An den Abenden ging ich noch einmal nach Dannsair schauen. Dann stand ich bei ihr und dachte über mein Leben nach, darüber, was ich mit der Zeit anfangen wollte, die mir gegeben war.

Zurück in meiner Kammer, schüttelte ich den Mantel aus, den Cormac mir gegeben hatte, und zündete die Abendkerze an. Manchmal holte ich dann die goldene Pferdespange heraus, die ich so lange versteckt und um die ich doch immer Angst gehabt hatte – Angst, jemand könnte neidisch werden und sie mir stehlen wollen oder sich misstrauisch fragen, woher ein Mädchen wie ich sie wohl hatte. Ich spürte, wie das Gold sich in meiner Hand erwärmte, und wurde ganz ruhig, weil ich wusste, dass hier nichts von all dem geschehen würde.

Nachts schlief ich tief und fest, und morgens erwachte ich erholt und ruhig. Eines Morgens dann ging ich noch vor der Morgenwäsche zur Äbtissin und wollte ihr die Spange schenken.

»Ich könnte euch niemals genug geben für das, was ihr hier für mich tut«, sagte ich. »Nehmt die kleine Spange als Dank dafür, dass ich hier sein darf. Ich bin so froh, hier zu sein, und fühle mich endlich sicher und geborgen.«

Sie nahm die Spange und wiegte sie lächelnd in der Hand. Dann zog sie meinen Umhang enger und befestigte ihn damit.

»Du selbst bist uns Geschenk genug, Lara«, sagte sie. »Wir brauchen kein weiteres. Agnes ist übrigens ein bisschen aufgeregt wegen der trächtigen Stute. Sie sagt, du verstehst mehr davon als sie?«

Ich nickte.

»Wir sind wirklich froh, dich bei uns zu haben, Lara«, sagte die Äbtissin. »Du bist klug und arbeitest hart. Willkommen zu Hause!«

Ich ging fröhlich lächelnd hinaus und hüpfte beinahe den Kreuzgang hinunter, der außen an der Längsseite der Kirche entlangführte. Die steinernen Bögen warfen Schatten, und von drinnen konnte ich die betenden Nonnen hören, das leise Gemurmel, das klang wie eine einzige, ganz besondere Stimme. Es tönte noch in mir nach, als ich über die Weide ging, um Dannsair zu besuchen. Ich rief ihren Namen, und sie kam mir im freudigen Galopp entgegen. Ich sah, wie sie beim Anhalten tänzelte und den Hals langmachte, um mit dem Maul an meinen Haaren zu zupfen, wie sie es so gerne tat.

Die Äbtissin hatte es genauso gesagt, wie ich es empfand.

Genauso fühlte es sich an.

Als wäre ich zu Hause.